BIBLIOTHÈQUE ILLUSTRÉE

DE LA JEUNESSE CHRÉTIENNE,

APPROUVÉE

PAR MONSEIGNEUR L'ÉVÊQUE DE LIMOGES.

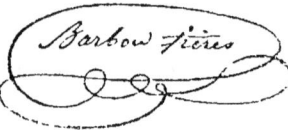

Qu'avez vous donc mes chers enfants leur demanda
Emma pour pleurer ainsi

SUBLIME
DÉVOUEMENT

DE

DEUX ENFANTS CHRÉTIENS,

PAR

 M. DE SAINT-JUNIEN.

LIMOGES.

BARBOU FRÈRES, IMPRIMEURS-LIBRAIRES.

1859

S'il est, dans le cours des siècles, des époques où Dieu se plaît à donner des leçons par des événements extraordinaires, il n'en est aucune qui renferme de plus grands renseignements que celle où l'Europe eut à se défendre contre l'envahissement d'un peuple ennemi de sa foi.

La dernière heure de l'empire grec avait sonné : Constantinople, dont les murs avaient jusqu'alors repoussé le glaive des barbares, venait enfin de subir la loi des Turcs. Les autres villes résistèrent en vain au cruel enthousiasme des disciples de Mahomet : le prince barbare porta partout ses armes victorieuses, et l'Eglise grecque, devenue schismatique, fut humiliée sous la tyrannie d'un despote musulman.

Maître de l'Orient, il porta ses regards vers les contrées de l'Occident, et ses soldats combattirent toujours avec la même ardeur, le même dévouement pour la cause religieuse qu'ils croyaient servir par leurs exploits. Les Hongrois, voisins de leur nouvel empire, firent des prodiges de valeur pour se soustraire à leur domination ; mais, souvent obligés de céder à la force du prestige qui animait les Turcs, ils eurent à souffrir de leur vengeance et de leur fanatisme.

Il est affligeant, même horrible de parcourir les pages sanglantes de l'histoire ; nous ne pouvons reconnaître, au milieu du fracas des batailles, des horreurs de la guerre, quelles pouvaient être les vues de Dieu en versant de telles calamités sur des nations entières. Mais du sein de ces nombreux événements, jaillissent des faits isolés qui révèlent d'une manière éclatante la sage providence, l'infinie bonté et l'inépuisable amour du Seigneur. En lisant ces quelques feuillets de l'histoire, nous pouvons cependant conclure que l'ensemble des événements n'est pas moins l'objet de la sagesse divine, disposant tout pour le bien de l'humanité.

L'Évangile fut annoncé de bonne heure dans les provinces de la Hongrie. Mais le premier roi chrétien du

pays fut saint Etienne, par les soins duquel le christianisme fut généralement adopté en Hongrie ; il fit
construire une multitude d'églises, auxquelles il attacha des prêtres et des instituteurs, ce qui lui valut le
nom glorieux d'Apôtre de la Hongrie.

Parmi les princes qui lui succédèrent sur le trône,
il y eut aussi des hommes pieux qui, avec leur famille,
marchèrent sur ses traces. Issue du sang royal, Elisabeth, qui épousa le landgrave de Thuringe, fournit des
pages sublimes et éloquentes à l'histoire, et échangea
un diadême fragile contre l'auréole des saints. Sa mé-
moire est en grande vénération dans toute l'Allemagne.
Par son influence non-seulement les deux familles
régnantes, mais la Hongrie et l'Allemagne resserrèrent
les liens d'une noble alliance.

Lorsque, à une époque plus éloignée, les vaillants
Hongrois se virent obligés de défendre le trône et l'autel
contre les Turcs, ces ennemis implacables du nom
chrétien, et d'opposer une digue à la fureur envahis-
sante de ces conquérants insatiables, la Hongrie comptait dans son sein des familles princières et bourgeoises
qui donnaient à la nation l'exemple de la plus haute
piété et des plus sublimes vertus.

Au nombre des premières familles du peuple il faut ranger celle du négociant Luzius, qui brillait tant par son attachement à la religion que par sa probité. Ses concitoyens, selon qu'ils estimaient la vertu ou les richesses, se plaisaient à le nommer le bon ou le riche Luzius. Son épouse Havoie était l'objet de l'admiration publique tant pour sa rare beauté que pour son inépuisable charité. Leur union fut des plus heureuses.

Ils n'avaient que deux enfants, deux charmants petits jumeaux. Les deux frères montrèrent, dès leur plus tendre enfance, les plus belles dispositions : c'étaient les mêmes goûts, les mêmes penchants vers la vertu, comme la même naïveté dans un aimable caractère. Leurs beaux cheveux blonds, tombant en larges boucles sur leurs épaules, leurs yeux bleus et pétillant de vivacité, leurs manières, tout enfin en eux rendait cette ressemblance si frappante qu'il était impossible de les distinguer l'un de l'autre : car ils portaient toujours les mêmes habillements. Leurs parents eux-mêmes se seraient mépris à leur sujet si les deux frères n'avaient bien retenu leurs noms respectifs : l'un s'appelait Philémon, l'autre Timothée.

Luzius et Havoie étaient de cœur et d'âme attachés à

la religion chrétienne ; la connaissance de la sublime doctrine que le Fils de Dieu est venu révéler à la terre l'emporta à leurs yeux sur toutes les richesses du monde. Ils firent tous leurs efforts pour inspirer de bonne heure à leurs enfants les mêmes sentiments qui les rendaient si heureux, et leur faire connaître Dieu et Jésus-Christ, cet aimable sauveur des hommes, cet ami particulier de l'enfance, et former en eux des chrétiens vertueux et fidèles. Les affaires de son commerce ne laissaient pas au père beaucoup de temps à consacrer à l'instruction de ses enfants : la mère y suppléait et ne les perdait jamais de vue. Pendant son travail manuel, elle leur racontait, avec toute la tendresse dont une mère pieuse, aimante, est susceptible, ce que les saintes Ecritures rapportent de l'amour de Dieu et de Jésus-Christ pour les hommes. Les deux enfants ne détournaient pas les yeux de dessus elle, et plusieurs fois des larmes inondèrent leurs paupières et témoignèrent le vif désir qu'ils avaient à exécuter ces touchants récits. Ah ! si tous les enfants pouvaient ressembler à Timothée et à Philémon !

Lorsqu'ils eurent à peu près six ans, leur bonne mère tomba gravement malade. Le père, affligé, ne

quitta presque plus le chevet de son lit ; les deux en
fants restèrent constamment auprès de leur mère, et
ce leur était une grande peine lorsqu'il fallait aller à
table pour manger, tant était grand leur amour pour
Havoie.

Un jour qu'ils prenaient leur repas, ils entendirent
une servante dire à l'autre : « Ah ! tout espoir est perdu,
nous ne conserverons pas long-temps notre bonne
dame. » Les enfants se regardèrent avec une surprise
mêlée d'une vive anxiété et devinrent pâles comme la
mort. L'appétit avait fui : ils se levèrent de table, allèrent entourer le lit de la malade, et les yeux mouillés
de larmes, le cœur serré de douleur : « O très-chère
mère, dirent-ils, ne mourez pas, nous vous en prions,
ne nous abandonnez pas ! On dit que vous allez mourir ! »

La mère, que ce spectacle, cette naïve confiance,
avaient de même émue jusqu'aux larmes, recueillit ses
forces et répondit : — Oui, mes enfants, je sens que
je ne resterai pas long-temps avec vous, quel que soit
mon désir de vous être encore utile ; mais il paraît que
c'est la volonté du Seigneur de m'appeler à lui, et ce
que Dieu fait est toujours pour notre bonheur. D'ail-

leurs je vais aller le rejoindre au ciel : là , mes enfants ,
je serai mieux qu'ici-bas , quoique votre père et vous
ayez tout fait pour me rendre la vie agréable. Là les
maladies ne viendront plus nous assiéger et nous accabler de douleur ; là plus de chagrins, plus de peines ,
plus d'amertume, plus de crainte ; là ne règneront que
la félicité et le bonheur de voir Dieu , et cette félicité
n'aura point de fin. La piété et la vertu ouvriront seules
les portes de ce royaume. Il faut faire de constants efforts pour le conquérir ; car il est écrit dans nos livres
saints « que le ciel souffre violence, et qu'il n'y a que
ceux qui souffrent violence qui l'emporteront. »

La mère donna souvent de semblables conseils à ses
enfants pour les fortifier dans le bien , et leur inspirer
le plus tendre amour pour Dieu. Ils lui promirent de
rester fidèles à la religion, de vivre selon ses préceptes,
et de ne jamais perdre de vue qu'ils avaient le ciel à
mériter.

Un soir que le père et ses enfants se trouvaient auprès de son lit, elle sentit une sueur froide ruisseler
sur tout son corps ; sa figure se couvrit d'une pâleur
mortelle , sa poitrine laissa échapper des soupirs ; elle
leva au ciel un regard plein d'expression et qui allait
s'éteindre , et dit d'une voix mourante :

« Vous m'appelez à vous, Seigneur ! me voici, je suis
prête. Je vous remercie de tous les bienfaits que votre
main paternelle a versés si abondamment sur moi !
ajoutez-y la dernière des grâces, celle de me recevoir
dans votre royaume. O divin Jésus ! vous dont le sang
a coulé pour la rémission de mes péchés, recevez votre
enfant, et ne le rejetez pas dans ce moment suprême! »

Elle s'arrêta pour reprendre ses forces, puis tendit
une main froide à son époux pour prendre congé de
lui ; ensuite elle fit approcher ses deux fils, qui s'a-
genouillèrent devant son lit, et, plaçant ses mains sur
chacun d'eux, elle les bénit en disant :

« Votre mère va vous quitter, mes enfants; mais elle
espère vous revoir un jour au ciel ! Aimez Dieu, obéissez à votre père, évitez le péché : voilà les dernières paroles de votre mère mourante. Priez pour elle ! Que
l'amour de Jésus-Christ soit votre égide, que sa sainte
religion soit votre guide et la règle de votre conduite !
Adieu, Luzius ; adieu, Philémon; adieu, Timothée.
O Seigneur ! recevez mon âme. » Elle fit encore le signe
de la croix sur elle et sur ses enfants, et s'endormit
doucement dans la paix du Seigneur.

La douleur que causa cette perte prématurée fut inex-

primable. Le lendemain, Luzius conduisit ses deux fils
devant le corps inanimé de leur mère, au moment où
l'on allait le placer dans le cercueil. Là il leur rappela
les dernières paroles de la défunte, et leur demanda
s'ils en avaient bien pénétré le sens. Assuré par leur
réponse qu'elles avaient été comprises, il leur fit pro-
mettre de vivre et de mourir dans la foi catholique ; et
les enfants scellèrent par leurs larmes le serment solennel de ne jamais déserter cette foi auguste, et de con-
former leur conduite à ses sublimes enseignements.

Quelques heures après eurent lieu les tristes cérémo-
nies des obsèques. Le père, suivi de ses deux fils,
conduisit le deuil. Une multitude immense de fidèles
se pressa à ce convoi. Tous les yeux étaient noyés de
pleurs. Les pauvres surtout, qui perdaient dans cette
digne femme une mère, une consolatrice, une amie
tendre et dévouée, remplissaient l'air de leurs plaintes ; ils regrettaient de se voir sitôt privés du secours
qu'ils avaient trouvé toujours et dans toutes les circonstances auprès de leur protectrice. Mais tout le monde
eut pitié des deux enfants, qui, dans leurs habits noirs,
le visage pâle et abattu, les yeux tristes et mouillés,
regardaient encore une fois le tombeau de leur pauvre

mère. « C'est cependant une chose inconcevable, disaient plusieurs personnes, que la conduite du Seigneur, qui vient d'enlever à ces enfants une mère si vertueuse ! » Le curé, qui faisait l'absoute, entendit ces paroles et dit à la foule :

« Les paroles que vous venez de prononcer me rappellent celles de nos saintes Ecritures où il est dit : Mon père et ma mère m'ont abandonné, mais vous m'avez reçu, ô Seigneur ! » Ce sont là des paroles bien consolantes et que doivent répéter tous les orphelins. Ces enfants que voilà viennent de perdre leur mère ; mais, dussent-ils aussi perdre leur père, ils trouveront leur consolation dans les mêmes sentiments. » Il cita ensuite l'histoire de Joseph, fils de Jacob, qui, de bonne heure, fut séparé de sa mère, et ensuite enlevé à son père ; mais il fit voir la conduite admirable de Dieu dans la protection qu'il accorda à Joseph, et la joie qu'en ressentit le jeune homme, ainsi que l'auteur de ses jours. Le prêtre avait cité ces paroles, peut-être par une inspiration particulière de Dieu, dans un sens prophétique : il leur donna plus d'étendue et termina la petite oraison funèbre par ces paroles du roi-prophète · « J'étais jeune, j'ai vieilli ; je n'ai jamais vu le juste

abandonné sur la terre, ni ses enfants mendiant leur
pain. »

Le séjour de la ville devint fort triste pour le père et
les deux enfants après la mort de la vertueuse Havoie.
Luzius possédait une belle maison de campagne située
à quelques lieues de la ville. Il s'y retira dans l'espoir
d'y trouver un peu de calme à sa douleur, et de pouvoir s'y livrer plus facilement à l'éducation de ses fils.
Ceux-ci ne le quittaient jamais ; toujours avec lui au
moment des repas et quand il allait à la promenade,
pendant qu'il était occupé dans son cabinet à soigner
ses affaires et à faire sa correspondance, ils se tenaient
à une table séparée pour écrire ou étudier leurs leçons.
Malgré la multiplicité de ses occupations, Luzius con
sacrait chaque jour quelques heures à l'instruction de
ses fils. Il remplissait ainsi tout seul les fonctions d'ins-
tituteur auprès d'eux pendant leur séjour à la campagne. Le matin et le soir, il priait avec eux, assistait
tous les dimanches et fêtes aux offices de l'église, leur
faisait apprendre le catéchisme, leur lisait l'évangile du
jour, et les rendait attentifs aux préceptes qu'il renfermait ; ainsi ne négligeait-il rien de ce qui pouvait former leur cœur et leur esprit. Dans les promenades qu'il

faisait avec eux, il saisissait avec joie toutes les occa-
sions qui se présentaient de leur parler de la bonté et
de la toute-puissance du Créateur; chaque plante, chaque brin d'herbe, chaque oiseau, chaque pierre lui
fournit souvent un sujet capable d'électriser ses tendres enfants, et d'enflammer leurs cœurs d'amour pour
l'auteur de tous les dons qu'étale à nos yeux la riche
nature.

Les soins que Luzius prodiguait avec tant de zèle et
de persévérance à ses enfants, ne restèrent point stériles.
Timothée et Philémon firent la consolation de leur père
par leur docilité, leur tendresse pour lui, leur empressement à l'obliger et à lui obéir en toutes choses. Il leur
suffisait d'un regard, d'une parole, pour qu'aussitôt
ils volassent au-devant de ses désirs. Les belles espérances que donnaient ces aimables enfants calmaient un
peu la douleur que Luzius ressentait toujours de la
mort de son épouse chérie; mais, hélas! l'infortuné ne
prévoyait point le nouvel orage qui se préparait dans le
lointain. Pendant que le temps cicatrisait les plaies que
le décès prématuré de Havoie avait faites à son cœur,
la méchanceté des hommes secouait sur lui ses torches
infernales, et aiguisait le poignard qui devait de nouveau
percer ce cœur déjà si cruellement ulcéré.

Luzius était obligé de faire toutes les semaines plusieurs voyages en ville, surtout aux jours de bourse,
pour se tenir au courant des affaires commerciales. Un
jour que sa présence y était indispensable parce qu'il
s'agissait de conclure une affaire importante avec plusieurs négociants, il prit congé de ses enfants, les embrassa tendrement, les recommanda à la surveillance
de la gouvernante qui les avait élevés, et promit d'être
de retour le soir avant la nuit.

Devant la maison de campagne s'étendait une belle
pelouse plantée d'arbres et entourée de plates bandes
bariolées de mille fleurs diverses. Des arbustes ornaient
ce charmant paysage et lui donnaient l'aspect riant d'un
jardin entretenu avec le plus grand soin. Un chemin
chargé d'un sable fin entourait la pelouse de forme
ovale et paraissait l'encadrer. C'est sur ce beau tapis
vert que les enfants prenaient ordinairement leurs ré-
créations et se livraient aux jeux innocents de leur âge:
c'est là qu'ils s'exerçaient à la course, à la balle, et
qu'ils lançaient le cerceau sur le sable mouvant. Chaque matin ils allaient s'extasier devant les fleurs fraî-
chement écloses et se livraient à de naïves discussions
sur la beauté de ces jolis enfants du printemps ; chacun

avait sa fleur de prédilection à laquelle il trouvait des qualités que n'avaient point celles pour lesquelles il ne se sentait pas épris. Ils ne se permettaient jamais de toucher à aucune, quoique le père leur eût seulement défendu de les cueillir. Mais ce qui augmentait surtout leur bonheur c'était le gazouillement des oiseaux, qui, voyant qu'on ne les molestait point, se montraient familiers et voltigeaient d'une branche à l'autre en présence des enfants. Ceux-ci, pour mieux les attirer, leur donnaient quelquefois du pain ou leur jetaient des graines, se cachaient ensuite derrière des arbustes et jouissaient en les voyant se becqueter pour enlever leur proie.

C'était par un beau jour d'été, le soleil resplendissait avec majesté dans un ciel sans nuage. Philémon et Timothée, après leur repas, coururent vers le théâtre de leurs jeux, se tenant l'un l'autre par la main, et allèrent s'asseoir auprès de la plate-bande. Ils virent auprès d'un rosier tout couvert de fleurs, et à une petite distance d'un figuier, un pot de terre renversé auquel il manquait un morceau.

« Pourquoi ce pot est-il là? dit Timothée : le jardinier devrait enlever ces objets cassés qui déparent le jardin. »

Il se leva, prit le pot pour le porter ailleurs; mais quelle ne fut pas sa surprise en voyant que ce pot cachait un nid d'oiseaux! Aux cris de joie qu'il poussa, Philémon accourut.

— Tiens! tiens! des oiseaux! cinq! Oh! que c'est joli! Ecoute donc comme ils gazouillent déjà! regarde comme ils ouvrent leurs becs jaunes! C'est charmant! je ne donnerais pas ce nid pour tout au monde.

— Ce sont des rouges-gorges, répliqua Timothée. Vois-tu là-bas leur pauvre mère! Avec quelle anxiété elle voltige d'une branche à l'autre! elle craint qu'on ne songe à lui enlever ses petits.

— Qu'elle se rassure, répondit Philémon, nous ne leur ferons pas de mal; ce serait un péché : nous les protégerons, au contraire.

Il remit le pot à sa place, recouvrit les oiseaux, et s'éloigna avec son frère pour s'assurer si la mère y retournerait. A peine les enfants s'étaient-ils retirés qu'elle vola sur le pot, portant dans son bec une grosse mouche; puis par la brèche elle se glissa vers ses petits, qui se précipitèrent vers la proie qu'elle leur apportait.

— Notre père nous l'avait dit, reprit Timothée : les

rouges-gorges nichent dans les arbustes et même dans des trous sous la terre. Celle-ci a sans doute trouvé plus commode de faire son nid sous ce pot. Oh' que notre père sera content quand nous lui montrerons ce nid avec ces cinq oiseaux à becs jaunes !

Pendant qu'ils causaient ensemble , ils virent arriver sur eux un homme fort bien vêtu, qui, quelque temps auparavant, était venu plusieurs fois voir Luzius pour lui parler d'affaires , et leur avait apporté des joujoux. Les enfants le saluèrent très-poliment et lui exposèrent le plaisir que leur avait causé la découverte du nid de rouges-gorges. Ils voulaient l'y conduire pour le lui montrer.

— Ce nid , répondit l'étranger, n'est rien en comparaison d'un autre que je vais vous montrer , et qui vous surprendra. Il renferme dix jeunes oiseaux ; le père et la mère, qui voltigent toujours autour du nid , sont infiniment plus beaux que tous les rouges-gorges. Ils brillent comme l'or et les rubis ; leur chant surpasse de beaucoup celui du rossignol. Vous n'en avez jamais vu ni entendu de pareils. Ce nid se trouve là-bas, dans ce bouquet de bois , à peu de distance de la maison. Suivez-moi, je vais vous y conduire pour vous le faire voir.

Suivez-moi je vais vous y conduire

Les enfants ne se firent pas prier long-temps, et suivirent l'homme.

Le bouquet de bois n'était en effet éloigné qu'à quelques centaines de pas de la maison de campagne de Luzius. A peine y furent-ils entrés qu'ils virent un autre homme tenant deux chevaux par la bride. A un signal convenu, les deux enfants furent élevés en l'air, et placés sur les montures des étrangers. Bientôt le bois fut traversé au grand galop, et ils disparurent avec leurs infâmes ravisseurs. En vain Philémon et Timothée essaient d'appeler au secours, on leur ferme la bouche avec des mouchoirs, on les enveloppe avec des manteaux : c'en est fait ! ils sont perdus pour leur pauvre père.

Le soir Luzius rentra chez lui. Quelle fut sa surprise de ne pas revoir ses enfants, eux qui, chaque fois qu'il revenait de la ville, allaient au-devant de lui et poussaient des cris de joie ! ce jour-là un morne silence régnait sur la pelouse. Personne ne se présenta pour l'aider à descendre de cheval. Il descendit seul et entra dans la maison. Tous ses domestiques étaient réunis dans la chambre du rez-de-chaussée, et paraissaient hors d'eux-mêmes en le voyant entrer.

— Ciel ! qu'y a-t-il donc ? qu'est-il arrivé ? demanda t-il tout stupéfait.

— Mon Dieu ! répondit la vieille gouvernante, vos fils ont disparu, et personne ne sait ce qu'ils sont devenus. Nous les avons déjà cherchés dans toutes les maisons du village ; nous avons envoyé une foule de personnes au bois, au lac, pour s'informer d'eux, mais tout a été inutile.

— Du moins ils ne sont pas noyés, ajouta le fermier ; car ils ne sont pas allés du côté du lac, où les a quelquefois conduits leur bon père et où ils eurent tant de plaisir à ramasser des coquillages et des cailloux de diverses couleurs. Mais le garde forestier a trouvé à la forêt un soulier et une des casquettes des enfants ; il a aussi reconnu les traces des pas de deux chevaux jusqu'à l'embranchement du grand chemin. Là ces traces se sont perdues au milieu de celles dont cette route porte l'empreinte.

Le père était là comme frappé de la foudre en apprenant cette triste nouvelle. Il leva au ciel ses yeux et ses mains, et s'écria :

« Mon Dieu ! quelle épreuve vous m'envoyez ! J'aimerais mieux les voir noyés : car ils seraient heureux avec vous au ciel, et je ne craindrais plus pour leur innocence! mais enlevés! ah! c'est cruel! A quels dangers ils pourront être exposés s'ils viennent à tomber entre les mains de quelques scélérat, qui abuseront de leur innocence pour les porter au mal! Mais partou où ils se trouveront ils seront sous votre protection Couvrez-les de votre égide, ô Seigneur! et préservez-les du péché! »

Il rentra ensuite dans son cabinet, se mit à genoux aux pieds du Christ et pria long-temps; Puis il sortit, parla à ses gens, leur donna des ordres, sans toutefois leur faire le moindre reproche.

L'homme qui avait enlevé les deux petits garçons était un scélérat raffiné. Il avait essayé de faire quelques affaires commerciales avec Luzius; mais celui-ci reconnut bientôt que cet intrigant, rusé et adroit, ne cherchait qu'à le tromper. Il le renvoya donc, en lui disant : « Retirez-vous, vous n'êtes pas un honnête homme. »

Le filou s'adressa ensuite à un autre négociant de la ville, qu'il trompa pour une forte somme d'argent. Ce dernier exposa sa perte au digne Luzius, qui, refuge de tous les malheureux, s'interposa en sa faveur.

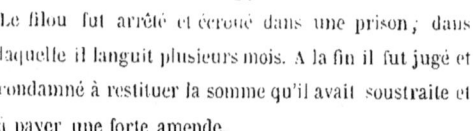

Le filou fut arrêté et écroué dans une prison, dans laquelle il languit plusieurs mois. A la fin il fut jugé et condamné à restituer la somme qu'il avait soustraite et à payer une forte amende.

Pour se venger, cet individu enleva les enfants, qui ne connaissaient pas sa méchanceté. Il avait été vu rôdant dans les environs. Un voisin affirma l'avoir aperçu dans la contrée, sans pourtant avoir pu soupçonner son mauvais dessein. Luzius eut la conviction qu'il était l'auteur du rapt de ses fils, et y reconnut les suites d'une atroce vengeance. Il fit faire partout des poursuites, promit même cent pièces d'or à celui qui le lui livrerait; mais il fut impossible de decouvrir cet infâme fripon.

Après avoir connu la sentence des juges et avoir obtenu la permission de sortir de la prison, furieux contre Luzius, auquel il attribua sa condamnation ce scélérat s'occupa des moyens d'en tirer une vengeance éclatante. Ne sachant d'abord comment s'y prendre, il s'arrêta à la pensée de lui enlever ses deux enfants, prévoyant bien que ce serait pour Luzius un coup mortel. Il les aurait fait périr si l'avarice ne lui eût suggéré l'idée de les vendre à un marchand d'esclaves.

« Je ne veux pas les faire mourir, dit-il à son compagnon, qui, lui aussi, avait, pour d'autres friponneries, été détenu assez long-temps dans la prison, où ils lièrent amitié: ce sont de jolis enfants, qui se ressemblent parfaitement ; je les vendrai, et ils me rapporteront une belle somme d'argent »

Il s'enfuit donc précipitamment , passa les frontières de la Hongrie, et ne s'arrêta que dans la première ville appartenant à l'empire turc. Dans les communes tant soit peu considérables situées sur les grandes routes de la Turquie, on voit une auberge dans laquelle les voyageurs sont reçus et entretenus pendant trois jours sans rien payer. Une semblable maison se trouvait aussi dans la ville où s'était arreté le frippon. Un spéculateur y avait preparé quelques chambres aux riches négociants, qui venaient les occuper moyennant une certaine somme qu'ils lui payaient pour être mieux servis que les autres passagers. C'est dans cette hôtellerie que se réfugia l'homme avec les deux fils de Luzius. Mais il se contenta de rester dans la chambre ordinaire, où il n'avait rien à payer, s'informant à tout instant s'il n'était pas arrivé quelque riche négociant avec lequel il pût trafiquer. Enfin il rencontra un Turc, nommé Sélim, qui était venu dans la ville pour y vendre toutes sortes de beaux draps, d'étoffes de soie, de tapis, et qui s'occupait de vente et d'achat d'hommes, commerce qui était alors permis en Turquie.

Il lui présenta les deux enfants et le pria de les acheter. Le Turc répondit sans hésiter : « Voilà deux jolis petits garçons, ils me plairaient assez, mais que veux-tu que j'en fasse ? il me faudrait les nourrir trop long-temps avant qu'ils pussent me rendre quelques services d'esclave. »

Mais comme les deux enfants, qui comprenaient très-bien de quoi il s'agissait, se tenaient devant lui, tout tremblants et versant d'abondantes larmes, il les acheta par pitié, quoique persuadé que pour le moment il n'en tirerait aucun parti. « Ils seront mieux chez moi que chez un autre, disait-il ; je les confierai à ma femme. » Il les paya donc un prix satisfaisant pour l'infâme vendeur, et les conduisit au bourg qu'il habitait.

Son épouse, qui était connue par son caractère sombre et son humeur morose, ne blâma pas tout-à-fait cette acquisition, et ses enfants parurent enchantés de leurs petits camarades chrétiens. Sélim permit à Philé

mon et à Timothée de converser, de jouer, de manger
avec ses propres enfants, et les occupa à divers ouvrages
de la maison. Il n'agissait ainsi que par spéculation,
voulant leur conserver leur fraîcheur et cet air de santé
qui les distinguait, dans l'espérance de pouvoir les re-
vendre plus tard avec avantage, dès qu'il se présen-
terait une bonne occasion.

Les deux frères auraient eu à se louer du traitement
qu'on leur faisait subir, mais ils ne supportaient pas
qu'on leur défendît de ne jamais prononcer le nom de
Jésus-Christ, de ce divin Sauveur, qu'il ne leur était
permis d'adorer qu'à la dérobée.

Au même bourg s'était établi un riche musulman,
nommé Ibrahim, qui avait un vaste et superbe jardin,
dont l'entretien était confié à un jardinier habile, fort
entendu dans son art. On y cultivait toutes sortes de
légumes et en telle abondance que non-seulement la
maison en était fournie, mais qu'on pouvait encore en
vendre une grande quantité.

Un jour Philémon et Timothée y furent envoyés,
avec un panier à deux anses, pour y chercher des légumes. Le jardinier, homme déjà vieux et d'un aspect
vénérable, était un esclave chrétien. Il venait de bê-

cher un grand carré et s'était assis sur l'herbe, à l'ombre d'un arbre, pour goûter un peu de repos. Il lisait attentivement dans un livre ; à côté de lui se trouvait sa bêche ; un grand morceau de pain d'orge, un fromage de chèvre, placés sur une assiette en terre cuite, et une cruche d'eau, paraissaient destinés à son repas. Lorsque les deux frères parurent devant lui, il les examina avec anxiété. Leurs charmantes figures, si parfaitement ressemblantes, et leur beau costume hongrois, qu'ils portaient encore depuis leur enlèvement, le frappèrent. Il les salua avec bonté en langue hongroise, et leur apprit qu'il était leur compatriote. Les enfants furent émerveillés d'entendre cet homme parlant le langage de leur pays. Depuis ce moment il ne fut plus un étranger à leurs yeux ; ils se sentaient attirés vers lui par un attrait irrésistible. Il leur demanda comment et par quel accident ils étaient devenus esclaves, issus, comme ils le paraissaient, d'une bonne et riche famille. Ils lui exposèrent l'histoire de leur malheur et accompagnèrent leur récit de larmes abondantes, surtout en prononçant le nom de leur père chéri.

Le bon jardinier les consola de son mieux, et leur

demanda si on leur avait déjà parlé de la religion de Jésus-Christ.

« Oui, oui, répondirent-ils, nous connaissons déjà une partie de notre catéchisme ; nous savons nos prières, et nous récitons chaque jour le *Pater*, l'*Ave*, le *Credo* et les Commandements de Dieu. »

« Eh bien ! mes enfants, récitez-moi le *Pater*. »

Et les deux enfants de joindre leurs mains et de réciter avec une ferveur angélique la belle oraison dominicale. En arrivant à ces mots : *Qui êtes aux cieux*, ils lancèrent un regard brûlant vers la voûte céleste, comme s'ils avaient cru voir le Seigneur sourire à leur prière. Le jardinier en fut touché jusqu'aux larmes, loua leur piété et leur apprit qu'il s'appelait Antoine, et qu'il était prêtre chrétien. Les deux enfants se précipitèrent vers lui et voulurent couvrir de baisers sa main, mais il ne le permit pas ; il leur recommanda de rester fidèles à la religion catholique, de mettre leur confiance dans le Seigneur, de supporter pour lui tout ce qui pourrait leur arriver, et de prier souvent. Puis il ajouta :

« Vous avez été éprouvés à un âge encore bien tendre ; mais Dieu aura pitié de vous et vous ramènera un jour dans les bras de votre père. Tâchez de mériter ce bonheur par vos vertus. »

Il leur donna ensuite sa bénédiction, remplit leur panier de légumes et leur offrit un joli bouquet. Ils rentrèrent bien contents dans la maison de leur maître, et donnèrent les belles fleurs aux enfants de Sélim.

Les deux frères se rendirent souvent ainsi seuls au jardin ; car les enfants de Sélim regardaient comme au-dessous d'eux de porter le panier aux légumes, et se trouvaient heureux de l'empressement de deux petits chrétiens à remplir une fonction qu'ils croyaient devoir les dégrader. Comme Philémon et Timothée partageaient chaque fois entre eux les fruits et les fleurs que le jardinier leur donnait, les petits musulmans leur dirent un jour : « Nous sommes enchantés de vous voir aller au jardin : ce ladre de jardinier ne nous donne jamais rien à nous, et vous, vous portez toujours de beaux bouquets. » Les deux frères allaient ainsi presque chaque jour près du pieux Antoine, qui leur racontait chaque fois quelque chose d'intéressant et d'utile. Ils attendaient avec impatience le quart d'heure ou la demi-heure qu'on leur accordait, pour les passer auprès du bonhomme. Plus tard, Sélim, qui avait beaucoup à

se louer de leur conduite et de leur service , leur
accorda , sur leurs instances , la permission d'aller
trouver Antoine tous les soirs , au moment de son
goûter, pour s'entretenir avec lui. Ces heures furent
à leurs yeux les plus heureuses qu'ils passèrent
dans ce pays. Ils remercièrent Dieu de leur avoir donné
pour précepteur ce saint prêtre, dont les exhortations
les rendaient meilleurs.

Deux ans s'écoulèrent ainsi : les deux jeunes frères
avaient su, par leur bonne conduite et leurs manières
franches, gagner la bienveillance de Sélim, qui ne songeait plus à les vendre. Son épouse, au contraire, femme acariâtre, ne les aimait pas. « Nous avons nourri
assez long-temps ces bambins-là, » dit-elle un jour à
son mari, « il serait maintenant temps de les vendre ; ils
grandissent à vue d'œil, il faudrait leur faire faire des
habits neufs, et pourquoi dépenser tant d'argent ? D'ail
leurs ils sont d'un âge à pouvoir gagner leur existence.
Il est temps qu'ils nous quittent. »

L'avarice n'était cependant pas le seul motif qui lui
arrachait ce langage.

Presque toutes les personnes qui visitaient la maison
louaient la beauté et la gentillesse des deux petits gar-

çons étrangers, tandis qu'elles faisaient à peine atten
tion à ses enfants. Pour se venger de ce mépris qu'on
leur témoignait, elle les fit vêtir avec élégance, tandis
que Philémon et Thimothée ne reçurent que de misérables sarreaux tels qu'on en donnait aux esclaves ; mais
cela ne remédia à rien, car les deux jeunes chrétiens
plaisaient toujours sous leurs pauvres habits, et éclip-
saient, par leur teint frais et leurs grâces naïves, leurs
petits rivaux. Il arriva même un jour qu'une dame turque étrangère, qui était venue faire des achats chez
Sélim, vit Timothée et son frère assis à une table et oc
cupés à éplucher du maïs. Elle ne les eut pas plus tôt
aperçus qu'elle s'écria : « Oh ! les beaux enfants ! Vous
êtes une mère digne d'envie. Ce sont des anges ! »

Au même instant, les enfants du négociant turc entrèrent dans la chambre, et la même dame de s'écrier :
« Quels sont donc ces êtres hideux ? Ils appartiennent
probablement à une de vos voisines ? Il me semble que
malgré les beaux habits qu'ils portent, ce sont des enfants bien mal élevés. Ils ressemblent à des singes
quand on les compare à ces deux charmants petits gar-
çons-là. »

Depuis ce moment, l'épouse de Sélim ne supporta

plus la présence des deux frères. « Je ne puis plus les voir, s'écria-t-elle en colère ; il faut qu'ils sortent d'ici, et cela au plus tôt ; ils troublent mon ménage. »

Quelques jours après, on célébrait une foire dans une ville éloignée, habitée par le pacha du district. L'épouse de Sélim dit à son mari :

« Il faut que tu conduises ces deux petits chrétiens à la foire pour les vendre : ils ne sauraient rester plus long-temps dans ma maison. Je ferai pourtant quelque chose pour eux : je vais les faire habiller à neuf, afin qu'ils puissent mieux figurer et nous attirer des acheteurs. »

Sélim ne fut pas content de cette proposition : il aimait les deux esclaves, et, quoiqu'ils fussent chez lui depuis assez long-temps, il ne s'était pas aperçu que les dépenses de sa maison eussent augmenté ; il prétendait même qu'elles avaient été inférieures à celles des années précédentes ; mais, dominé par sa femme, et ne voulant point la contrarier, il annonça aux deux frères qu'il allait les conduire dans une grande ville, les fit monter dans sa voiture et partit avec eux, suivi de chameaux chargés de marchandises. Il se rendit donc sur la place publique où se tenait la foire, devant la maison même du pacha Les flots du peuple se pressaient en tous sens. Bientôt il se fit un petit attroupement au tour des deux frères, dont chacun admirait la beauté et les grâces. Il se présenta plusieurs amateurs pour les acheter.

« Si, disait-on, ces charmants enfants étaient plus grands, ils seraient payés bien cher ; mais ils sont trop faibles pour rendre de grands services dans une maison. »

Un Turc et un Maure se présentèrent néanmoins, et demandèrent le prix qu'on en voulait. Aux prétentions du vendeur ils objectèrent la faiblesse de l'âge des deux enfants.

« Cependant, répondit Sélim, ils seront assez forts pour bourrer la pipe de leurs maîtres et leur servir le café, ou pour ramasser les oranges tombées dans les jardins. Et de même que, dans les pays chrétiens, les grands seigneurs se font un honneur d'avoir à leur service un nègre, de même les Maures ont un esclave blanc pour être l'ornement de leur maison. »

Cette réflexion plut aux acheteurs, et le Turc dit à Sélim : — Tu me connais, tu viendras chercher l'argent chez moi ; celui-ci m'appartient. » Et il prit Timothée par la main pour l'emmener. — Et moi je prends l'autre à mon service, répondit le Maure ; tu n'as qu'à te présenter avec lui à mon domicile et je te paierai comptant. »

Mais, lorsque les deux frères s'aperçurent qu'on allait les séparer, ils se mirent à pousser des cris et à se lamenter.

« Non, non, s'écria l'un en se précipitant dans les bras de son frère, non, cher Timothée, je ne me séparerai pas de toi ; je veux vivre et mourir avec toi. »

L'autre s'écria à son tour : « Notre chère mère est morte ; on nous a enlevés à notre pauvre père : il ne me reste plus au monde que toi, mon frère ! je ne puis te laisser. Que Dieu nous protège ! »

Toutes les personnes qui assistaient à cette touchante scène furent emues.

L'épouse du pacha, qui se trouvait à l'une des fenêtres de son palais pour jouir du coup d'œil de la foire , avait depuis long-temps jeté un regard de tendresse sur les deux frères, dont la fraîcheur l'avait frappée. La douleur que montraient ces innocentes créatures en apprenant qu'on allait les séparer fit une vive impression sur elle. Elle envoya aussitôt un domestique dire à Sélim, ainsi

qu'aux deux acheteurs, qu'elle, l'épouse du pacha, de
sirait avoir les deux enfants. Leur maître, les prenant
donc par la main, suivit le domestique et les conduisit
devant la dame. Celle-ci lui donna un prix beaucoup
plus élevé que celui offert par le Turc et le Maure. Sélim,
les larmes aux yeux, reçut l'argent et se retira, content
du bon marché qu'il venait de faire.

La noble turque entra aussitôt en conversation avec
les enfants, désirant connaître leur histoire. Ils lui
exposèrent naïvement tout ce qui les regardait depuis
l'âge le plus tendre. Quoiqu'ils ne possédassent pas encore assez bien la langue turque, ils purent cependant
se faire comprendre ; les expressions singulières qu'ils
employaient de temps en temps pour rendre leurs pensées amusèrent même quelquefois la dame, et elle souriait à la naïveté de leurs récits. Comme elle aimait
beaucoup les enfants, quoiqu'elle n'en eût pas elle-même, elle résolut de les adopter et de leur servir de mère,
espérant que son époux, absent pour quelque temps,
ratifierait cette résolution.

Elle leur fit faire sur-le-champ des habits à la turque, et, lorsqu'on les lui amena pour la première fois
dans leurs belles robes traînantes, elle fut enchantée de

ce nouveau costume, et s'écria : « Ces robes d'un rouge foncé, sur lesquelles tombent leurs jolis cheveux bouclés, leur vont à merveille. » Elle ne put se rassasier de les regarder. Mais les enfants ne trouvaient aucun plaisir dans ce nouvel ajustement; et la dame, qui s'aperçut de leur tristesse, leur dit aussitôt : « N'ayez aucune crainte, mes amis; je ne vous forcerai pas à renier votre Dieu, quoique je prétende être votre seconde mère. »

L'épouse du pacha, la noble Elmine, avait une belle âme, douée des plus heureuses qualités. Elle tint parole et servit de mère aux deux frères. Elle leur donna un fort bel appartement, une bonne pour les soigner, et les recommanda à un esclave chrétien dans lequel elle avait une grande confiance. Elle les fit souvent venir dans ses appartements, et, leur parlant toujours avec bonté, elle leur demandait une foule de détails sur les usages et les mœurs des pays chrétiens : c'était pour elle un grand plaisir de les entendre raconter avec leur naïve vivacité.

Elmine allait elle se promener dans les vastes allées du jardin qui s'étendait derière le palais à une grande distance, elle aimait à s'y faire accompagner des enfants qu'elle avait adoptés. Ils y virent une foule de fleurs qu'ils avaient déjà vues au parterre cultivé par les soins de leur digne maître Antoine, et les saluèrent comme d'anciennes connaissances ; mais ils en aperçurent aussi beaucoup dont les brillantes couleurs et le nom leur étaient ignorés ; et ils dirent un jour à leur bienfaitrice :

« Les fleurs chrétiennes nous sont toutes connues, mais en voici dont nous ne savons les noms ; veuillez donc nous les faire connaître. » Elmine sourit et les leur nomma.

Les enfants obtinrent, dans la suite, la faculté d'aller seuls aussi au jardin et de s'amuser dans la cour du palais, en l'absence même d'Elmine. Bientôt ils se firent aimer de tout le monde dans le palais : les ouvriers, les domestiques, leur témoignaient toutes sortes d'attentions ; il n'y eut pas jusqu'aux animaux qui n'apprissent à les connaître. Dès que Philémon et Timothée paraissaient au jardin, les deux cygnes d'Elmine accouraient à la nage d'un bout du bassin à l'autre vers eux, parce que les enfants leur jetaient chaque fois du pain. Paraissaient-ils dans la cour, les deux grands chiens de chasse du pacha venaient au-devant d'eux, et leur faisaient mille caresses, parce qu'ils en recevaient en ...ache des friandises.

Lorsque les deux frères se furent habitués à la vie du palais, Elmine chargea l'esclave chrétien qui les suivait et qui vivait depuis long-temps parmi les Turcs, de leur enseigner la langue nationale et de leur apprendre à lire et à écrire. Celui-ci parut heureux de cette commission ; mais il ne borna pas ses soins à ne leur enseigner que ce que la maîtresse lui avait enjoint, il leur parla aussi de la religion de Jésus-Christ et des devoirs que le christianisme impose.

Un jour Elmine voulut savoir ce que faisaient les enfants dans leur appartement. La porte était entr'ouverte : elle les vit tous deux à genoux ; elle les entendit adressant à leur Dieu cette prière.

« O bon père qui répandez vos bénédictions sur notre seconde mère, la généreuse Elmine, qui est si douce et si bonne pour nous ! faites qu'elle apprenne aussi à connaître votre divin Fils Jésus-Christ et la vraie religion qu'il est venu enseigner à la terre. »

Ces touchantes paroles, prononcées par des bouches si pures et avec l'accent d'une si profonde conviction, allèrent droit au cœur de la noble dame. Elle se retira,

mais elle les fit appeler bientôt après dans ses appartements pour leur parler de leur religion. Depuis ce jour
elle les chérit encore davantage, les entretint souvent
sur le christianisme, leur fit mille questions, et parut
ouvrir son âme à la céleste influence. Tout ce qu'elle
apprit de la bouche des enfants la toucha vivement;
mais, comme ceux-ci ne connaissaient pas encore à
fond toute la religion à laquelle ils étaient cependant si
tendrement attachés, ils ne purent lui donner une foule
d'explications qu'elle leur demandait. « Ah ! disait-elle
un jour, je voudrais bien avoir quelqu'un qui fût à
même de m'instruire dans tout ce qui concerne cette
foi auguste. Je brûle du désir de connaître la religion
du Fils de Dieu. »

« Oh ! s'écrièrent les deux petits garçons, nous en
connaissons un qui suppléera à notre ignorance : c'est
ce jardinier dont nous avons déjà dit tant de bien. Il est
pieux, instruit, et même prêtre de notre sainte religion.»

— C'est bien là l'homme que je désire avoir, répondit
Elmine; je vais tâcher de le faire venir ici ; personne ne
saura qu'il est prêtre, et je vous défends d'en parler à
qui que ce soit : cela pourrait lui coûter la vie : les Turcs
seraient capables de l'étrangler.

Comme quelques semaines après avait lieu une nouvelle foire, Elmine fit appeler Sélim et lui dit :

— Je vous dois des remercîments de m'avoir vendu
deux petits chrétiens dont je suis on ne peut plus contente ; mais je vous demanderai un nouveau service. Je
désirerais voir mon jardin prendre un aspect plus agréable. Vous savez que les chrétiens s'entendent mieux à
la culture que les Turcs. N'en connaîtriez-vous pas un
qui pût me convenir ? Je vous donne là une grande
marque de confiance.

Sélim, que ces paroles avaient flatté, lui répondit :

— Je connais bien un chrétien qui a déjà prouvé
mille fois son habileté en horticulture, mais il sera
difficile de vous le procurer. Il est esclave du riche
Ibrahim.

— N'importe, repartit Elmine, achetez-le à quelque
prix que ce soit. Dites à Ibrahim qu'il me le faut, et je
suis sûre qu'il ne s'opposera point au départ de cet
homme.

Sélim, à peine de retour chez lui, alla trouver Ibrahim et lui proposa de lui vendre son esclave : mais il
n'en voulut point entendre parler.

« Es-tu fou ? lui dit-il : mon jardinier m'est si nécessaire que je ne puis le vendre à aucun prix. »

Mais en apprenant que c'était l'épouse du pacha qui
désirait acheter le jardinier, Ibrahim n'opposa plus de
résistance.

Sélim emmena donc Antoine et le conduisit au palais; l'intendant les présenta aussitôt tous deux à Elmine. Quoique le jardinier fut vêtu comme les esclaves,
la dame fut frappée d'admiration à l'aspect de son air
vénérable. Elle paya aussitôt à Sélim la somme qu'il
avait demandée, et ordonna à l'intendant d'aller chercher les deux enfants. Dès qu'elle se vit seule avec
Antoine, elle lui dit :

« Vénérable père ! vos deux petits élèves Timothée
et Philémon, qui ont pour vous la même tendresse
que des enfants pour leur père, m'ont parlé de vous.
Vous serez, dès à présent, aussi mon maître. Un prêtre
chrétien comme vous pourra seul m'éclairer sur ce qui
me préoccupe le plus, et ce qu'il importe à l'homme de
savoir. »

Antoine, élevant au ciel un regard d'attendrissement,
s'écria. « Mon Dieu ! quelle merveille vous opérez par
des êtres si faibles ! » Au même instant les enfants en-

trèrent. Ivres de joie à la vue du prêtre, ils se précipitèrent vers lui : « O Antoine, s'écrièrent-ils, vous notre
bon maître , notre second père, vous êtes ici ! O Dieu !
nous vous remercions de nous avoir réunis. »

Elmine fit donner à Antoine un costume plus décent,
quoique ce fût celui des jardiniers. Depuis elle alla souvent encore au jardin pour y jouir de ses entretiens.
Les Turcs crurent que ces conversations ne roulaient
que sur les moyens d'améliorer le jardin et n'y firent
pas attention ; mais il était question d'un jardin plus
précieux , d'une âme où devaient éclore des fleurs
qu'elle n'avait plus portées. Le prêtre, caché sous un
humble ajustement , déroulait devant la noble dame
toute la sublimité des mystères de la religion de Jésus-
Christ, lui expliquait la chute de l'homme, la promesse
d'un Sauveur, les prophéties qui regardaient ce divin
Messie, son arrivée sur la terre, ses miracles, sa doctrine, sa résurrection, l'établissement de la foi, en un
mot tout ce qui tient à l'enchaînement des preuves sur
lesquelles repose la religion chrétienne. Elmine, qui
avait beaucoup d'esprit, saisit facilement l'ensemble des
détails dans lesquels Antoine crut devoir entrer, et finit
par déclarer qu'elle était décidée à embrasser la religion

du Fils de Dieu. Elle fit donc sa profession de foi en
présence des deux enfants, de deux esclaves chrétiens,
et reçut le baptême des mains de l'homme qui l'avait
éclairée.

Elmine demanda à échanger, aux yeux de la religion,
son nom en celui d'Elisabeth. Antoine lui avait parlé de
cette princesse si célèbre dans l'histoire par son humilité,
sa douceur et sa charité envers les pauvres et les malheureux, comme le plus parfait modèle des personnes
d'un rang élevé. L'épouse du pacha avait donc choisi ce
nom pour avoir sans cesse à la pensée les beaux exemples de cette héroïne de toutes les vertus chrétiennes,
qu'elle voulait suivre, autant que lui permettait sa position, dans la pratique des œuvres qu'elle allait échanger
contre les mérites d'une couronne immortelle.

Pendant qu'Elmine témoignait tant de bonté aux
deux fils de Lucius et d'égards pour le vénérable
Antoine, qui fut plutôt son père que son jardinier,
le pacha, son époux, était à Constantinople, où
le retenaient les fonctions de sa charge. L'empereur
turc méditait alors une nouvelle guerre contre les
Chrétiens, et se servait du pacha qui passait pour un
des premiers généraux de l'époque. La guerre éclata en

effet. Elmine en reçut la nouvelle par un message à
cheval. Elle et ses amis chrétiens en furent désolés,
mais les autres Turcs qui habitaient le palais, ainsi
que ceux de la ville, en furent ravis.

Quoique le principal corps d'armée fit son entrée en
Hongrie par une contrée opposée, les Turs des environs
de la ville habitée par Elmine ne restèrent pas oisifs.
Ils s'attroupèrent, passèrent les frontières et se précipitèrent sur les villes, les bourgs et les villages, pillèrent
les maisons, ravagèrent les champs, emmenèrent les
troupeaux, portant partout le fer et le feu, et traînant
en captivité une foule de prisonniers pour les vendre en
Turquie.

Plusieurs de ces derniers furent conduits au milieu
des cris et du tumulte, occasionés par le peuple, sur
la grande place, devant le palais du pacha, pour y être
offert en vente. Elmine et les deux enfants coururent
aux fenêtres pour les voir. Tout-à-coup Philémon et
Thimothée poussèrent des cris, ils venaient de découvrir
leur père au milieu des prisonniers : Tous deux s'écrièrent de la force de leur voix : — « Notre père, notre
père, notre cher père. » — Luzius regarda du côté
du palais, il avait bien entendu les voix, mais il

ne put reconnaître ses enfants en costume turc. Avec la
rapidité de l'éclair les enfants descendirent, traversant
la foule qui s'ouvre pour les laisser passer, et, sur les
ailes de la piété filiale, ils courent se jeter dans les bras
de leur père. Luzius, trompé par leur costume, ne les
reconnut pas aussitôt ; mais les enfants le pressent
contre leur cœur : — « O mon père, mon tendre père ! Je
suis votre Philémon, je suis votre Thimotée! Reconnais-
sez donc vos enfants ! les voici dans vos bras ! »

Ces paroles font une si profonde impression sur le
pauvre Luzius, qu'il ne peut d'abord recueillir ses sens.
Il croit rêver ; mais il s'assure de la réalité. Il revoit ses
enfants, il ne lui reste plus de doute, et le regard élevé
au ciel « O mon Dieu! s'écrie-t-il, quelles grâces j'ai à
vous rendre ! » Le père et les enfants versèrent de douces
larmes au milieu des félicitations des assistants. Luzius
ne faisait plus attention à ses chaînes, tant il était
heureux. Les personnes qui étaient témoins de cette
scène touchante en furent vivement émues, et plusieurs
d'entre elles ne purent retenir leurs larmes ; elles disaient à ceux qui étaient plus éloignés et qui étaient
curieux de savoir de quoi il s'agissait : « C'est le père
de ces enfants. »

Elmine envoya un de ses domestiques sur la place pour annoncer qu'elle désirait avoir cet esclave. Les soldats le conduisirent sur-le-champ au château. Elmine les paya généreusement en leur disant : « Prenez cet argent en attendant le retour du pacha qui vous récompensera mieux encore. » Les enfants supplièrent les soldats d'ôter les chaînes à leur père, ce que ces derniers firent aussitôt, la dame leur ayant de même enjoint de le faire. Les heureux enfants ne purent se rassasier de contempler les traits de leur père ; mais ils virent avec douleur, qu'il avait singulièrement vieilli depuis leur séparation. Et en effet, le chagrin que lui avait causé la mort de son épouse, l'enlèvement de ses enfants, les souffrances qu'il endura et enfin son propre malheur avaient blanchi ses cheveux avant le temps et altéré les traits de sa noble figure.

Mais Luzius lui-même fit paraître subitement une profonde tristesse : le costume turc que portaient ses enfants l'affecta singulièrement. Il craignait que Philémon et Timothée n'eussent renié leur foi pour embrasser le mahométisme. Elmine, qui s'aperçut de sa tristesse et qui en soupçonna la cause, lui dit :

— « Rassurez-vous, brave Luzius, vos enfants n'ont

point cessé d'être chrétiens, et moi-même je suis deve
nue chrétienne. Dieu s'est servi de vos chers enfants
pour me faire connaître Jésus-Christ et sa sainte religion,
et c'est à ce digne homme (elle lui montra Antoine qui
venait d'entrer dans la chambre), que je dois le bonheur
d'avoir été instruite dans les maximes de la vraie foi.
Ce vertueux prêtre a été mon maître et continuera, j'ose
l'espérer, à être mon guide dans la voie du salut. Que je
suis heureuse d'avoir appris à connaître le père de si
vertueux enfants! »

Maintenant le prêtre se sentit heureux et bénit à
haute voix le Seigneur de lui avoir conservé ses enfants.
Elmine, Philémon, Timothée et Antoine racontèrent ensuite à Luzius les événements qui s'étaient succédés
jusqu'à ce jour, et tous y reconnurent le doigt de Dieu.
Le bon Luzius recommença en quelque sorte une vie
nouvelle, sa reconnaissance envers le Seigneur n'eut
point de bornes. Mais il ne put se défendre d'un certain
désir de retourner dans sa patrie, d'autant plus que les
Turcs qui venaient fréquemment au palais ainsi que
ceux qui y demeuraient le regardèrent de mauvais œil,
et qu'il lui fut facile de voir que sa présence provoquait
leur mécontentement et excitait leur jalousie. Il pria

donc la dame de lui permettre de reprendre le chemin
de la Hongrie avec ses deux fils ; mais Elmine lui répondit :

« Tant que la guerre continuera à exercer ses ravages
dans votre patrie, il ne serait pas prudent de vous exposer à effectuer ce projet ; de grands dangers vous y attendent encore ; mais dès que la paix sera faite, je vous
laisserai partir et je vous dédommagerai des pertes que
vous avez essuyées. »

Luzius fut obligé de convenir que la dame avait raison et la remercia de son attention : « Mais, lui dit-il, il
me serait [difficile de vivre ici sans occupation ; l'ennuie
me gagnerait et me rendrait la vie insupportable. »
Luzius avait autrefois, dans des moments de loisir,
consacré quelque temps à l'horticulture et s'entendait
surtout à la culture des fleurs. Il pria donc Elmine de
l'adjoindre à Antoine pour l'aider dans ses travaux de
jardinier, ce qui lui fut accordé. Il alla donc habiter la
même maison que le digne prêtre, ce qui fut très-agréa
ble à tous deux, pouvant dès cet instant louer Dieu et
travailler ensemble et s'animer au bien par les efforts
qu'ils firent.

Cependant la guerre continua à sévir et à plonger

dans le deuil une foule de malheureux. Les Hongrois
reçurent de puissants renforts, reprirent l'offensive et
livrèrent à leurs superbes adversaires une grande ba-
taille dans laquelle ils remportèrent une éclatante vic-
toire. Les Musulmans, furieux, prévoyant qu'ils ne pour-
raient désormais plus compter sur le succès de leurs
armes, furent obligés de conclure une trève fort désa-
vantageuse et d'évacuer une grande étendue du pays
sur lequel pesait leur sceptre de fer. Du nombre des
troupes qui quittèrent la Hongrie fut aussi le corps
commandé par le pacha, époux d'Elmine. Celui-ci entra
chez lui avec une brillante escorte d'officiers et de soldats. Toute la ville se précipita à sa rencontre et le
reçut avec les plus vives acclamations. Mais le pacha
parut peu sensible à ces démonstrations d'allégresse ;
son cœur était navré de douleur, il ne pouvait digérer
l'affront que les armes de son souverain avaient reçu
en Hongrie par les Chrétiens , qu'il maudissait dans
son âme. Quelle ne fut sa rage d'apprendre que
son épouse avait embrassé la religion de Jésus-Christ !
— Bien plus, lui dit le domestique qui lui avait transmis cette première nouvelle, il se trouve dans ton palais
un prêtre chrétien déguisé en jardinier, c'est lui qui a

Est il vrai Ehnine lui dit il que tu es chrétienne

perverti Elmine. Depuis quelque temps est encore arri
vé un prisonnier de guerre hongrois, chrétien furibond,
que vos soldats furent obligés de céder à votre épouse
moyennant une rançon. — Le voilà là-bas qui se rend
au jardin. — C'est à ces deux hommes qu'Elmine accorde toute sa confiance; nous autres Turcs ne sommes
plus rien à ses yeux. Toute sa conduite retrace maintenant celle des femmes chrétiennes. Pour combler la
mesure, elle a adopté deux enfants chrétiens, les fils de
ce prisonnier de guerre, auxquels elle prodigue toute
sa tendresse.

Ces nouvelles furent de l'huile sur la flamme. Le
pacha ne sut comment contenir sa rage. Comme un
tigre il courut vers les appartements d'Elmine pour
s'informer de la réalité de tout ce qu'on venait de lui
apprendre. Son épouse vint au-devant de lui pour le
saluer. A son aspect il recula d'un pas, puis, d'un ton
assez calme :

« Est-il vrai, Elmine, lui dit-il, que tu es chrétienne ? »

« Oui, répondit la dame, j'ai le bonheur d'être
chrétienne, et je suis prête à confesser généreusement
cette foi. »

Cet aveu, cette attitude, cette annonce de souffrir bouleversèrent les idées du pacha au point que tirant du fourreau son large cimeterre, il s'apprêtait à fendre la tête de la pauvre Elmine; mais un capitaine qui l'accompagnait, saisit son bras et parvint à peine à l'empêcher de commettre un crime. « Donnez-lui donc au moins le temps de faire ses réflexions, lui dit-il; je ne doute nullement qu'elle ne revienne à d'autres sentiments. Nos docteurs sauront bien lui faire voir ses torts. La pauvre femme se sera laissée surprendre par les artifices de ces chrétiens; mais elle reconnaîtra son erreur dont le temps fera justice. »

« Soit! répondit le pacha, je lui accorde trois jours pour réfléchir sur sa position. Qu'on la ramène dans ses appartements et qu'elle y soit gardée à vue. Quant à ce détestable prêtre qui l'a séduite par ses discours artificieux, qu'on le plonge dans un sombre cachot ainsi que l'autre chrétien que le prophète maudit. Ils mourront sans miséricorde dans trois jours; je leur ferai trancher la tête, et cette femme insensée qui a eu la lâcheté de suivre leurs perfides insinuations, elle périra avec eux, si elle ne revient de son erreur; je les ferai exécuter tous trois dans une même heure. »

On conduisit donc Elmine dans ses appartements, et on plaça un factionnaire à sa porte. Le vénérable prêtre Antoine et le digne Luzius, le père des deux enfants, furent jetés en prison.

Cette nouvelle porta la consternation dans tout le palais. Timothée et Philémon furent au désespoir en apprenant la sentence du pacha, qui avait condamné leur tendre et pauvre père à périr trois jours après. Tous les employés de la maison eurent pitié des infortunés voués à une mort certaine par l'inflexible courroux du pacha. Les esclaves chrétiens surtout firent éclater leur douleur, parce qu'ils aimaient les malheureux et en particulier les deux enfants qui leur avaient fait du bien et obtenu d'Elmine une foule d'adoucissements par leur puissante médiation; même les esclaves turcs étaient dévoués aux deux frères. Ils s'étaient dit plusieurs fois que Philémon et Timothée seraient un jour de braves musulmans; ils les consolèrent donc à leur manière, leur faisant entendre qu'ils devaient bénir le ciel de ce que le pacha voulait bien les épargner. Ils leur enjoignaient d'éviter sa présence pour ne point blesser sa colère, et de ne point s'exposer à devenir malheureux à leur tour.

Les deux frères se renfermèrent dans leur chambre, s'agenouillèrent, élevèrent au ciel des mains suppliantes, et la larme à l'œil : « O Dieu de bonté et de miséricorde, s'écrièrent-ils, ayez pitié de notre père chéri, de notre digne maître Antoine et de la bonne Elmine qui nous a servi de mère ! Sauvez-les du trépas, vous seul le pouvez ! »

Ils se consolèrent mutuellement en se rappelant les paroles de nos saintes écritures, les paroles de David que le vertueux prêtre leur avait souvent répétées, « que les justes ont beaucoup à souffrir, mais que le Seigneur peut les délivrer de tous les dangers ; parce qu'il est le gardien et le protecteur fidèle de tous les affligés ; » ces paroles leur inspirèrent du courage et ranimèrent leur espérance. Ils se remirent donc en prières, nourrissant leurs souvenirs de pieuses pensées que leur suggéraient les admirables sentences de l'Écriture sainte et fortifiant leur confiance, en Dieu par l'oraison. Ils devinrent un peu plus calmes, remettant au Seigneur l'issue de cette affaire.

Les enfants désiraient ardemment visiter leur père dans sa prison. Le soldat qui le gardait était, à la vérité, musulman, mais il professait une profonde estime pour

le Christianisme ; la crainte de déplaire au pacha pouvait seul l'empêcher de manifester ses sentiments à cet
égard. Les deux frères allèrent le trouver et le prièrent
de leur permettre de visiter leur père. — « Je vous
accorderai cette faveur, leur répondit-il, mais il faut
que la chose se fasse en secret ; revenez ce soir quand la
nuit sera descendue sur la terre pour l'envelopper de
ses ténèbres. « Il leur nomma les heures auxquelles la
garde lui était échue.

En attendant la nuit, les deux enfants voulurent
voir le pieux Antoine ; ils se rendirent à sa prison. Un
soldat turc y montait la garde. Ils le conjurèrent de
leur en ouvrir la porte et de leur permettre de parler
un instant à Antoine ; mais il les congédia rudement et
avec menace. Ils se présentèrent ensuite à la porte des
appartements d'Elmine ; mais ils y trouvèrent deux
soldats turcs, le sabre levé, qui les renvoyèrent sans
même écouter leur humble supplique. « Il est défendu
à qui que ce soit d'entrer ici sans un ordre formel du
pacha, » leur répondit l'un des militaires, tandis que
l'autre, brandissant son cimeterre sur leurs épaules, les
repoussa avec force. Ils se retirèrent donc tristes et
abattus.

La nuit venait de descendre sur la terre. Timothée et Philémon se glissèrent à la porte de la prison dans laquelle languissait leur pauvre père. Les bâtiments de la prison étaient attenants au palais. Une galerie étroite y conduisait. Le soldat qui attendait les enfants, alluma une lanterne, qu'il leur donna, leur ouvrit la porte du cachot et les fit entrer.

Luzius était assis dans un coin, triste et pensif. Les deux enfants se précipitèrent à ses genoux, pleurant et se désolant de ce que leur tendre père allait leur être enlevé. Mais le captif leur ordonna de se lever et leur dit :

" Ne vous attristez pas ainsi, mes chers enfants ; la volonté de Dieu s'accomplira à mon égard, il ne tombera pas un cheveu de ma tête sans qu'il le permette. Que cette sainte volonté se fasse ! S'il a décidé ma mort, je me réjouis de la subir pour la foi de Jésus-Christ ; cette mort, si glorieuse pour moi, me réunira à celui qui a aussi daigné mourir pour les hommes. "

" Cela est fort bien, répondirent les enfants ; nous aussi, nous sommes prêts à mourir pour la religion de Jésus-Christ. Mais pourquoi nous faudrait-il mourir par les mains de ce cruel pacha ? Tous ces Turcs n'avaient pas le droit de nous réduire à l'esclavage. Sauvez-vous par la fuite. Cela vous sera facile. Le factionnaire qui est à votre porte est un brave homme, mais très-nonchâlant ; au lieu de faire la garde, il vient de se coucher à terre ; il ne tardera pas à s'endormir ; nous pourrions facilement nous enfuir. Nous connaissons une porte secrète qui donne sur le jardin et qui de là conduit à la campagne. »

Le père se recueillit un instant pour réfléchir, et déclara qu'il était disposé à suivre l'avis de ses enfants. L'un de ceux-ci sortit et rentra bientôt en disant : « Le soldat s'est endormi profondément et ronfle. Profitons de ce moment pour nous enfuir. » J'y consens, répondit le père. Fuyons, et que Dieu nous protége. — Je connais la contrée : il nous faudra traverser deux hautes montagnes ; ensuite nous entrerons dans une contrée couverte de forêts, et nous arriverons aux frontières de la Hongrie. » Ils s'enfuirent.

La lune versait alors sa douce clarté sur la terre et éclairait les pas des fuyards. Rien ne s'opposait à leur évasion. Ils gravirent sans grande difficulté la première montagne, ne comptant pour rien les faibles obstacles que leur opposait la forêt et les rochers. Enfin

l'aube du matin commença à blanchir l'Orient et ils
traversèrent la large vallée qui s'étendait aux pieds des
deux montagnes, et arrivèrent à la seconde. Tout-à-
coup ils s'arrêtèrent pour prêter l'oreille au son d'un
cor qui redisait l'écho de ces lieux. Ils entendirent en
même temps les pas de quelques chevaux ainsi que l'a-
boiement de plusieurs chiens. — « C'est une chasse,
dirent les enfants ; mais le père leur répondit « Je crains
que ce ne soient les gens du pacha, qui, instruits de
notre évasion, aura mis en campagne ses gardes pour
nous reprendre. Il faut nous cacher quelque part et attendre qu'ils aient passé outre avant de continuer notre
route.

Ils trouvèrent sur leur passage une grotte taillée
dans le flanc d'un rocher par les mains de la nature et
couverte de broussailles, et y entrèrent. Les cavaliers
traversèrent la vallée et s'approchèrent de plus en
plus.

Luzius s'agenouilla dans la grotte et pria : Mon Dieu !
protégez ces enfants et arrachez-les à la fureur des
ennemis des chrétiens.

Il craignit que, dans sa colère, le pacha n'immolât
aussi à sa haine ces deux innocentes créatures.

Los enfants allèrent de même s'agenouiller à côté de leur père et prièrent les mains élevées au ciel « O Seigneur! préservez notre bon père de la mort que ces méchants vont lui donner! Agréez plutôt le sacrifice de la vie de nous deux ; mais conservez la sienne. » Le père ne put retenir ses larmes en entendant cette touchante prière et s'écria dans un moment de joie indicible. « Tout pauvre que je suis, j'éprouve un bonheur inexprimable, oui, je me sens plus heureux que le pacha, et plus heureux que le sultan lui-même.

Cependant le bruit des chevaux et l'aboiement des chiens s'éloignèrent. — « Dieu soit loué, dirent les enfants, nous voilà sauvés, nous pourrons poursuivre notre route. »

« Pas encore, répondit le père, nous ne serions pas encore en sûreté. »

Il s'assit sur l'herbe qui tapissait l'entrée de la grotte, Philémon et Timothée se placèrent à côté de lui. Ce ne fut qu'alors que les trois se ressentirent de la fatigue que leur avait occasionée leur longue marche. Maintenant aussi les enfants se plaignirent de la faim. Depuis la veille au soir ils n'avaient rien mangé ; mais avant leur départ ils avaient mis des fruits et un morceau de

gâteau dans leurs poches, dans l'intention de les offrir
à leur père ; car ils savaient qu'on n'avait donné au
prisonnier que du pain moisi et de l'eau. Chacun tira
donc un morceau de gâteau et une pomme de la poche
et les présenta à Luzius en disant : « Prenez, cher père,
et mangez. »

« O mes enfants ! s'écria le père ému, mangez, moi
je puis m'en passer encore, je n'ai pas faim. »

« Mangez, répondit Timothée ; il en reste assez pour
nous deux. » Et il sortit encore de sa poche un morceau
de gâteau et quelques pommes, qu'il plaça sur la mousse
devant le père. Mais Luzius répondit : « Mangez, mes
enfants, mangez, et ménagez ce qui vous reste, car
nous n'arriverons pas de sitôt chez des gens qui vous
donneront du pain. »

« Mangez aussi vous-même, répartit Philémon ;
si vous ne mangez pas, nous ne mangerons pas non
plus. »

« Eh bien donc, nous allons manger tous trois,
ajouta le père, mais nous allons d'abord remercier le
Seigneur de ses dons. »

Alors les enfants élevant leurs mains au ciel : « O
mon Dieu, dit Timothée, nous vous remercions de

nous avoir inspiré la pensée d'emporter avec nous du gâteau et des fruits !

Tous trois se mirent donc à manger de bon appétit et contents d'avoir échappé à leurs persécuteurs. L'astre du jour versait ses premiers rayons dans l'antre ténébreux et en dessinait merveilleusement les sauvages contours. Ce spectacle présentait quelque chose de si attendrissant, que Luzius ne put retenir les sentiments qui se pressaient dans son cœur. « Que le Seigneur est bon, s'écria-t-il, d'avoir créé la vive lumière du soleil. »

« Oui, dit Philémon, je ne conçois pas comment, à l'aspect de la lumière de cet astre qui nous éclaire tous les hommes peuvent ne pas s'entr'aimer et même se faire la guerre et s'entrégorger. »

Quant à nous, ajouta le père, n'oublions jamais de remercier le Seigneur qui daigne verser les flots de sa lumière sur les bons et sur les méchants et malgré nos infidélités. Imitons son exemple et aimons tous nos frères, même nos ennemis, puisque la religion nous fait un devoir d'aimer notre prochain comme nous-mêmes,

Tout-à-coup le son du cor se fit entendre de nouveau

et s'approcha de plus en plus. Ce n'était en effet qu'une partie de chasse que le pacha avait entreprise dans la contrée. La colère qu'il avait ressentie en apprenant que son épouse s'était déclarée chrétienne et la présence du prêtre Antoine et du père des deux enfants dans son palais, avaient tellement bouleversé ses sens, qu'il passa la nuit sans dormir et ordonna long-temps même avant le lever du jour une partie de chasse pour se distraire, espérant que ce déplacement chasserait les idées sombres qui l'assiégeaient. Il ignorait encore l'évasion de Luzius. Le factionnaire s'était bien aperçu de la fuite du prisonnier, mais il n'eut pas le courage d'en instruire ses chefs, il se borna à ôter la clé de la porte, la mit dans sa poche et continua à monter la garde comme si rien n'était arrivé. Si l'on me demande ce qu'est devenu le prisonnier, se dit-il, je répondrai que je n'en sais rien.

Cependant les chasseurs s'approchèrent de plus en plus de la grotte dans laquelle étaient cachés les fuyards. Deux énormes chiens s'élancèrent vers la grotte et se blottirent aux pieds des enfants qu'ils reconnurent à l'instant même et auxquels ils firent mille caresses. C'étaient les chiens du pacha. Ils avaient trouvé les tra-

ces de Philémon et de Timothée et parurent contents
d'avoir rencontré leurs anciens bienfaiteurs.

« Pauvres bêtes! dit Timothée, vous ne savez pas
quel mauvais service vous nous rendez! Vous nous trahissez par vos caresses ! »

Philémon regarda à travers les buissons, se retira
tout tremblant et dit à voix basse : « Mon Dieu, c'est le
pacha lui-même. Il est descendu de cheval et se dirige
tout armé vers ce réduit. Qu'allons-nous devenir ? «
Les deux frères se mirent à trembler de tous leurs
membres.

« Ne vous inquiétez pas tant, mes chers enfants,
répondit le père, il ne nous arrivera que ce que Dieu
permettra. Que sa sainte volonté s'accomplisse en tout
sur nous !

Il les plaça ensuite au fond de la grotte et alla se placer à l'entrée, présentant ainsi sa poitrine aux traits de
son ennemi et voulant par là protéger ses enfants.

Le pacha s'avança, espérant trouver dans la grotte
une bête fauve qu'il voulait abattre. Il était sur le point
de décocher sa flèche, lorsqu'il vit qu'au lieu d'un ani-
mal, l'antre recélait un homme. Il retira son arc et
s'écria d'un ton de colère. — « Qui que tu sois, sors à

l'instant même ! Luzius sortit et se présenta au pacha
avec le calme d'un homme qui ne craint ni les menaces
ni la mort.

« Comment ! c'est toi ! s'écria le pacha dans un trans-
port de colère mêlé de surprise, c'est toi que j'ai fait
enfermer hier dans un cachot ? Et tu as eu la témérité
de t'enfuir ? mais tu n'y gagneras rien, avant deux
jours je te ferai abattre la tête. » — Puis s'adressant à
ses gens, il ordonna de s'emparer de lui et de le garrot-
ter. — « Et vous, dit-il à deux soldats à cheval, sai-
sissez-le, ramenez-le en ville, et faites-le jeter dans
ce redoutable cachot qui se trouve au fond de la tour.»

Lorsque les enfants virent qu'on liait leur père pour
l'emmener, ils sortirent du fond de la grotte et demandèrent grâce et pardon pour lui. — « Quoi ! s'écria le
pacha, vous êtes-là aussi vous deux ? Quel scélérat
que cet homme qui a voulu entraîner avec lui les deux
esclaves pour lesquels l'épouse d'un pacha a cependant
dépensé une belle somme d'argent ! » Quoiqu'il fût vio-
lemment agité, les larmes de ces enfants, leur attitude
suppliante firent une si profonde impression sur son
cœur qu'il ne put s'empêcher de dire : — « Je ne puis
en vouloir à ces enfants d'avoir suivi leur père ; car cet

homme, tout méchant qu'il est , ne laisse point d'être
leur père : qu'il ne leur soit donc fait aucun mal, mais
qu'on les monte à cheval et qu'on les ramène ainsi à la
maison. »

Le pacha piqua aussitôt des deux et s'éloigna, indigné,
pour continuer sa chasse. Les deux enfants furent ramenés au palais, et leur pauvre père plongé dans un
sombre cachot souterrain.

Le pacha, nommé Abdallah, ne trouva point, ces
jours là , dans l'exercice de la chasse le plaisir qu'il y
avait trouvé autrefois. Il vit passer à ses côtés cerfs et
chevreuils et ne parut point les apercevoir. L'idée de
voir son épouse renoncer au mahométisme pour embrasser la religion chrétienne à laquelle il avait juré
une haine implacable, l'accabla comme d'un poids dont
il ne put supporter le fardeau. Cependant son amour
pour Elmine ne s'effaça point de son cœur, malgré la
violence de sa colère.

L'amour et la haine se combattaient mutuellement ;
il se vit dans une position extrêmement pénible ; tout
son être fut bouleversé , comme la mer que l'aquilon
furieux vient tout-à-coup remuer de fond en comble. Il
parcourut toute la journée la forêt en tout sens sans

savoir ce qu'il faisait, et cette distraction affecta ses gens au point qu'ils crurent qu'il avait perdu la raison. Ce ne fut qu'au déclin du jour qu'il reprit le chemin de la ville. Il défendit aux hommes qui l'accompagnaient de faire retentir le cor, et rentra chez lui dans un profond silence. A une journée orageuse succéda une nuit pleine d'angoisses et de tourments.

Dès que le jour eut paru, Abdallah fit appeler trois prêtres turcs, appelés Imans, et leur dit : « Je vous regarde comme les plus savants et les plus éloquents de tous les Imans ; je vais donc vous charger d'une mission importante. Allez trouver mon épouse et tâchez de la ramener à notre religion et de lui faire abandonner le christianisme qu'elle a embrassé. Si vous réussissez dans cette affaire, chacun d'entre vous recevra pour sa récompense une bourse bien garnie. »

Ils promirent de faire tous leurs efforts et ne doutèrent nullement du succès de leur mission. Mais après un entretien de plus de deux heures, il revinrent trouver le pacha, haussèrent les épaules et lui dirent d'un air triste :

« Nous n'avons rien pu obtenir. Il s'est opéré dans votre épouse un changement extraordinaire. Nous ne savons quel est l'esprit qui parle en elle ; nous n'avons pu, nous l'avouons sans détour, lui résister. "

Abdallah s'informa plusieurs fois par jour tantôt auprès de l'une, tantôt auprès de l'autre des femmes au service de son épouse, de l'état d'Elmine. " Que fait-elle ? dit-il à l'une d'entre elles, que pense-t-elle de mon projet de lui faire abattre la tête ? Est-elle bien irritée contre moi ? Me hait-elle ? "

" Pas le moins du monde, lui répondit la femme de chambre, elle vous est toujours tendrement attachée. "

" Ne change-t-elle pas de sentiments à mon égard ? " demanda-t-il à une autre.

" Elle prie pour vous, répondit celle-ci, que vous reveniez vous-même à d'autres sentiments. "

" Elle désire donc que je la fasse mourir ? s'écria-t-il tout joyeux.

" Votre épouse n'a jamais parlé de cela ; elle désire que vous vous fassiez chrétien vous-même. Je voudrais, ajouta-t-elle, que mon cher époux pût aussi goûter le bonheur que je goûte depuis que j'ai embrassé la foi de Jésus-Christ. "

Le pacha fit ensuite appeler Zérine, la première femme de chambre, dans laquelle son épouse avait toujours mis la plus grande confiance; « Tu as le plus d'empire sur elle, lui dit-il, c'est toi qui l'as élevée dès ses plus tendres années, tu peux tout sur elle, engage-la donc à renoncer à sa nouvelle religion et à rentrer dans celle de Mahomet. »

« Je ne cesse de lui dire de ne pas exposer sa vie encore si peu avancée, répondit Zérine ; mais elle ajoute à toutes mes remontrances ces paroles : » J'aimerais mieux mourir que de trahir mon divin Sauveur.

« Elle se persuade sans doute, reprit le pacha, que je la menace seulement et que je ne la ferai point mourir. »

« Au contraire, elle est convaincue de votre résolution à la livrer à la mort, puisque, sans le capitaine Omar qui vous en empêcha, vous lui auriez fendu la tête à votre retour. »

« Mais ne craint-elle donc point la mort? » reprit Abdallah.

« Pas du tout. Je ne conçois pas madame, elle paraît même désirer le martyre. Je lui disais naguère en pleurant : —« Comment! cette belle tête tomberait sous le cimeterre et irait rouler dans la poussière? Je

ui retraçais toute l'horreur d'un pareil spectacle, dont
la seule pensée me fait frémir. Elle me répondit en sou-
riant : —« Il ne s'agit là que d'un instant, et ensuite
mon âme sera éternellement heureuse au ciel. Oh! que
mon cœur soupire après le bonheur de la félicité céleste!— « Jamais, depuis que je connais Elmine, je ne l'ai
vue si calme, si contente, si radieuse. C'est singulier.
Les Chrétiens sont des gens extraordinaires, et je crois
bien que le christianisme pourrait bien n'être pas
mauvais. »

« Je crois que tu n'es pas non plus éloignée de te faire
chrétienne. » Il jeta sur elle un regard menaçant, se
détourna ensuite et s'éloigna.

Vers le soir, Abdallah voulut descendre au jardin pour
y respirer le frais et dissiper les chagrins qui l'assiégeaient. Sur l'escalier il rencontra une jeune esclave,
appelée Orma, qui était fille de chambre d'Elmine et qui
tenait une assiette, un verre d'eau fraîche, qu'elle apportait à cette dernière. Il s'aperçut qu'elle avait pleuré;
ses yeux était tout rougis par les larmes qu'elle avait
versées?

« Tu as bien pleuré, lui dit-il, pauvre enfant! as-tu
donc tellement pitié de ta maîtresse? »

« Ah! répondit Orma en sanglotant, qui pourrait refuser sa pitié à une dame si douce et si bonne ? Ce qui la menace est si horrible ? »

« Verse-t-elle aussi des larmes ? »

« Pas tant que nous deux qui la servons, elle est très-résignée. »

« Et de quoi s'occupe-t-elle toute la journée ? »

« Elle lit et prie tantôt tout haut, tantôt à voix basse : prie aussi pour vous et pour nous tous. »

« Avoue-moi franchement, ajouta le pacha, ses femmes de chambre l'ont-elles engagée à changer de sentiments pour ne point s'exposer à la mort ? »

« Oui, mais elle répondit qu'elle mourrait avec plaisir pour celui qui avait le premier donné sa vie pour elle. »

Toutes ses femmes de chambre la conjurèrent les larmes aux yeux d'abandonner une religion qui allait l'exposer à une mort certaine ; mais elle demeura fidèle à ses engagements et répondit avec une héroïque intrépidité qu'elle consentirait plutôt à être déchirée avec des ongles de fer qu'à renoncer à Jésus-Christ.

Le pacha, en apprenant cette résignation, devint encore plus furieux et vomit un torrent de blasphèmes

contre ce qu'il appelait la stupide opiniâtreté de cette
femme dont la constance ne parut point le toucher.

« Eh bien donc! s'écria-t-il, puisqu'elle désire la mort
avec tant d'ardeur, qu'il soit fait selon sa volonté ! Nous
verrons si elle soutiendra jusqu'au bout son rôle ! »

Il fit aussitôt appeler un de ses officiers et lui ordonna
de faire élever devant le palais un échafaud, ce qu'on
exécuta sur-le-champ même pendant la nuit, à la lueur
des flambeaux.

La construction de l'échafaud devant le palais du
pacha mit en émoi toute la ville. La population fut sur
pied même avant le lever du jour. Lorsque tous les
habitants, à l'exception des Chrétiens, prétendaient
que le pacha avait raison de faire mourir le prêtre
chrétien et se réjouissaient d'assister au drame sanglant
qui allait délivrer leur cité de cet homme détestable
dont l'audace s'était signalée par la conversion d'Elmine,
beaucoup d'entre eux eurent pitié du père des deux
jumeaux. « Il faudrait, dirent-ils, lui faire grâce
à cause de ces deux enfants qui sont si aimables. C'était
un plaisir de les voir traverser ensemble les rues de la
ville dans leur costume turc. Il n'y a pas dans toute la
ville de plus beaux enfants turcs de leur âge, et ce qui

les rend plus recommandables, c'est qu'ils ne sont pas
fiers, mais honnêtes et polis envers tout le monde,
même envers les enfants les plus pauvres; on voit bien
que leurs parents leur ont donné une bonne éducation.
On ne devrait pas les affliger ainsi par la mort de leur
père. »

La nouvelle de la condamnation à mort de l'épouse du
pacha occasiona une rumeur générale. « Quel dommage, disait-on partout de faire décapiter une telle
femme! Non-seulement elle l'emporte par sa beauté,
mais aussi par ses vertus sur toutes les femmes du pays.
Combien de fois n'a-t-elle pas désarmé le courroux du
pacha! Que de bienfaits les habitants n'ont-ils pas
obtenus par sa puissante médiation! » — Les pauvres
surtout la pleuraient comme une mère et une protectrice. « Elle a été notre bienfaitrice, disaient-ils tous,
nous perdons en elle notre meilleure amie et notre
soutien. » Les femmes turques, riches et pauvres s'em-
portèrent contre la cruauté d'Abdallah et l'accablèrent
d'injures. « On ne saurait se taire ici, disait plus
d'une d'entre elle; faire mourir sa propre épouse, c'est
trop barbare, trop cruel. Il donne par là le mauvais
exemple à nos maris, qui s'appuieront sur ce fait pour

nous tourmenter. Comment serons-nous traitées à
l'avenir par nos époux ? Il est vrai qu'Elmine a commis
une faute très-grave en embrassant la religion chrétienne ; mais nonobstant ce changement de croyance,
elle pourra rester une brave et digne femme comme elle
l'a toujours été. Il se trouve aussi de braves gens parmi
les Chrétiens. Et puis il est vrai, et on ne saurait le
nier, que parmi nos esclaves chrétiens il y en a beaucoup
qui valent mieux et qui sont plus laborieux que nos
esclaves turcs. »

Mais de tous les habitants aucun ne fut plus inquiet
que le pacha lui-même. L'aurore du jour où devait
avoir lieu la terrible exécution venait à poindre qu'Abdallah fit appeler le brave capitaine Omar, et lui dit :

« Vous, brave Omar, qui avez déjà sauvé la vie à
Elmine, puisque vous avez retenu mon bras au moment
où je voulais lui fendre la tête, vous pouvez compter
sur sa reconnaissance ; car elle doit avoir de la confiance en vous. Confiance et reconnaissance sont choses
puissantes sur le cœur d'une femme. Allez donc trouver
mon épouse et dites-lui que si elle veut abandonner
la foi chrétienne, qu'elle a si légèrement embrassée,
j'accorderai la vie au prêtre Antoine ainsi qu'au père

des deux enfants. J'espère qu'elle consentira à cette proposition, pouvant par là arracher à la mort deux personnes qui lui sont chères. Insistez fortement sur cette proposition, en lui faisant sentir qu'elle peut rendre la vie à deux hommes, et que ce serait une barbarie que de consentir à la mort de ceux qu'on peut si facilement sauver.

Le capitaine partit aussitôt, alla trouver Elmine et lui rapporta fidèlement tout ce que le pacha venait de lui dire. Elmine l'écouta long-temps sans rien répondre, enfin elle lui dit. « Dans quelle perplexité je me trouve ! » Elle se mit à pleurer et éleva ses mains au ciel. « Dieu sait, ajouta-t-elle, combien est vif mon désir de sauver la vie à ces deux hommes si dignes et si pieux ; mais je ne puis abandonner la foi que j'ai le bonheur de professer, la condition qu'on fait rend la chose impossible. La vie qu'on leur offre devant être le prix de mon apostasie, ces hommes n'en voudraient point ; car ma chute les attristerait trop pour qu'ils pussent trouver un charme à une existence achetée par un tel sacrifice. Il vaut mieux que nous mourions trois ensemble, alors nous serons réunis au ciel, où rien ne pourra plus nous séparer. »

La jeune esclave Orma s'approcha d'elle et lui dit tout bas à l'oreille : « Faites seulement semblant de renoncer à Jésus-Christ ! Dites seulement de bouche que vous avez renoncé à l'Évangile, vous pourrez également rester chrétienne dans le cœur ; de cette manière vous sauverez la vie aux deux hommes en question. »

« Jamais, répondit Elmine, je me permettrai de renoncer à Jésus-Christ, même extérieurement ; car il a dit : » Quiconque me confessera devant les hommes, je le confesserai aussi devant mon Père céleste et devant ses anges ! » Voilà ses paroles. Je m'y tiens de cœur et d'âme, et je suis prête à mourir. »

Le capitaine Omar, triste et abattu, alla rapporter cette réponse au pacha. « Eh bien ! s'écria Abdallah, j'ai donc épuisé tous les moyens ; il n'en reste plus qu'un que je vais essayer : il faut qu'elle assiste à l'exécution de ses amis. J'espère qu'à la vue du glaive levé, de la tête abattue, du sang jaillissant, elle changera d'avis. Une femme délicate comme elle ne pourra soutenir l'aspect du sang. Elle frémira et s'évanouira. Revenue à elle-même, elle dira : « Non, un tel sort ne sera pas le mien, j'obéirai à mon époux, et je retournerai à la religion des Musulmans. »

Le capitaine répondit : « Cette femme admirable est douée d'une telle force d'âme, qu'elle aura de la peine à vous faire réponse. »

Abdallah répondit : « Il me vient une autre idée : je vais d'abord faire exécuter le père des enfants ; quand elle verra couler le sang de cet homme, elle n'osera consentir à voir aussi couler celui d'un prêtre chrétien, et la compassion l'emportera sur sa force d'âme, je n'en doute nullement ; elle sera conduite sur le balcon du haut du quel son œil plongera sur l'échafaud. Si elle persiste dans sa résolution, je persisterai aussi dans la mienne. » Malgré cette jactance, le pacha ne fut rien moins que rassuré.

Pendant que le silence et la tristesse régnaient au palais, le pacha, vivement inquiet et plein d'impatience, s'abandonnait à la fougue de ses pensées ; Elmine seule était calme et attendait la mort : une immense multitude de peuple s'était assemblée autour de l'échafaud qu'entouraient les janissaires, cette milice turque. Toutes les fenêtres qui avaient vue sur la grande place étaient garnies de curieux ; plusieurs même étaient montés sur les toits. L'exécution d'une dame si illustre, de l'épouse d'un pacha, était un spectacle tellement extraordinaire, que chacun voulut en être témoin. Lorsqu'Elmine, accompagnée de deux de ses femmes de chambre, parut au balcon, il s'éleva parmi le peuple un murmure de compassion. Beaucoup de personnes se contentaient de pousser des soupirs, d'autres exprimaient tout haut leur douleur. « La voici, disaient quelques-uns ; qui donc n'aurait pas pitié d'une telle femme ? »

Les esclaves chrétiens qui se trouvaient répandus parmi la multitude adressaient de ferventes prières au Seigneur : « O Dieu, ayez pitié d'elle! O Jésus ne l'abandonnez pas ! » Tous les yeux étaient tournés sur elle. Elmine était revêtue d'une robe blanche, sans ornements ni bijoux. Elle tira son voile, elle était un peu pâle, mais paraissait calme et sans crainte. Elle lança au ciel un regard brûlant d'amour, joignit les mains et se mit à prier. Ce spectacle émut les assistants au point que des larmes brillèrent dans tous les yeux.

Tout-à-coup le pacha, suivi d'un brillant cortége d'officiers et de ministres, sortit du palais et alla se placer sur une estrade élevée en face de l'échafaud. Abdallah portait sa longue robe de pourpre, à son côté pendait un cimeterre garni de diamants et d'autres

pierres précieuses. Sa tête était couverte d'un beau turban blanc orné d'une plume d'autruche. Sa figure était
sombre et sévère. La richesse de sa taille, son nez aqui-
lin, ses beaux yeux noirs qui brillaient comme deux
rubis, sa barbe épaisse lui donnaient un air majestueux. Toutes les fois qu'il s'était montré en public, il
avait été salué par de vives acclamations; mais cette
fois aucun cri ne se fit entendre; un silence solennel
régnait dans cette immense multitude.

Luzius parut escorté de plusieurs janissaires. Il monta
d'un pas tranquille sur ce terrible échafaud. Le valet
du bourreau lui ôta aussitôt les chaînes, lui détacha
la cravate, pour dépouiller son cou. Le bourreau lui-
même se présenta tenant en main le glaive redoutable.
Luzius lève son regard au ciel et récite des prières.
Cette attitude lui donna un aspect si vénérable qu'il fit
sur le peuple plus d'impression que le pacha lui-même,
quoique celui-ci fût revêtu des insignes de sa charge.
Ce fut un moment imposant que celui-là, tous les
cœurs sensibles palpitaient de crainte et d'attente.
Luzius s'agenouille par ordre du bourreau et n'attend
plus que la mort. Le bourreau lève en l'air le glaive si-
nistre, et, le regard tourné vers le pacha, il suit de l'œil

chaque mouvement de sa tête pour recevoir le signal qui allait terminer la vie de l'infortuné Luzius.

Tout-à-coup les rangs de la multitude s'ouvrent : les deux fils de Luzius percent la foule et courent sur l'échafaud.

« O père, tendre père! faut-il donc que vous mouriez! faut-il donc que vous abandonniez vos pauvres enfants! » s'écrièrent les deux à la fois en se jetant dans les bras de leur père.

Luzius se leva, il serra sur son cœur ses deux enfants, les couvrant de baisers : « O tendres enfants! leur dit-il d'une voix forte, rassurez-vous, je ne mourrai point, bien au contraire, je vivrai éternellement, puisque je vais rejoindre mon Dieu, et que, ô bonheur! je verrai la face de notre divin Sauveur Jésus-Christ. Votre bonne mère aussi, je la verrai au ciel, et je la saluerai aussi de votre part; Dieu, le père des orphelins, aura soin de vous et ne vous abandonnera point. » Il fit ensuite sur eux le signe de la croix, quoiqu'il sût que cela était fort odieux aux Turcs. « Et maintenant, ajouta-t-il, je vous recommande au Seigneur et à sa grâce ; faites tous vos efforts pour devenir de parfaits chrétiens, des hommes vertueux ; surtout n'abandonnez jamais la foi de Jésus-Christ, alors tout ira bien, et nous nous reverrons un jour au ciel. Adieu, mes chers enfants, n'oubliez jamais votre père. »

Les deux enfants s'arrachent des bras de leur tendre père, échangent ensemble quelques paroles et disent au bourreau : « Il faut que nous allions trouver le pacha, nous avons quelque chose à lui dire. » Ils descendent rapidement les marches de l'échafaud, le peuple leur ouvre un passage, ils courent vers l'estrade sur laquelle Abdallah était assis, et se jettent à ses pieds.

« Que voulez-vous, s'écria celui-ci en colère ; je ne ferai point grâce à votre père. »

« Nous ne venons point, répondent les enfants, demander la grâce de notre père, nous savons bien que cela serait inutile ; mais nous vous supplions de nous accorder la faveur de mourir avec lui. »

« Comment! s'écria cet homme stupéfait ; vous voulez que je fasse aussi abattre vos têtes ? y pensez-vous ? cela pourrait-il vous être agréable ? »

« Oui, oui, c'est notre désir le plus ardent de mourir avec notre père. »

« Comment pouvez-vous désirer une chose pareille ? vous voulez mourir, et vous n'avez pas encore vécu ? »

« Nous savons bien ce que nous demandons, nous irons ensemble avec notre père habiter le ciel. Quel bonheur pour notre pauvre mère de revoir à la fois son époux et ses fils ! Quelle félicité pour nous tous ! »

Le pacha était là comme un homme frappé de la foudre... il croyait rêver. Son regard scrutateur interrogea les enfants : ceux-ci ne pleuraient plus. Leurs charmantes figures rayonnaient de bonheur et d'espérance. « Veuillez donc, ajoutèrent-ils, consentir à notre demande, c'est la dernière que nous vous adressons. »

Le pacha, qui savait apprécier le vrai courage, ne put revenir de son étonnement. La demande des enfants lui parut extraordinaire, il ne put concevoir ce désir de mourir à un âge si tendre. Tout son être parut bouleversé, il ne put expliquer ce qui se passait en lui. Vivement ému, terrassé par le courage des enfants, il n'eut point la force de commander l'exécution, et dit au bourreau : « Remets ton glaive dans le fourreau, l'exécution n'aura pas lieu d'aujourd'hui ! qu'on ramène le prisonnier dans son cachot ! »

A ces mots, il se fit un grand tumulte parmi le peuple, quelques-uns murmuraient de ce que la décision
subite du pacha les privait de ce spectacle sanglant,
mais la plupart témoignèrent leur joie de voir le père
de ces charmants enfants arraché à la mort, espérant
qu'Abdallah ferait aussi grâce à son épouse. La joie
devint bientôt générale, et presque de toutes les bouches
sortit le cri : *Vive le pacha.*

La foule se dissipa lentement. Quelques hommes et
quelques femmes s'arrêtèrent cependant sur la place et
se dirent : « Nous voudrions bien savoir ce que ces
deux enfants on dit au pacha. »

« Nous aussi, répondirent quelques autres, nous
voudrions le savoir ; mais nous étions tous trop éloignés
pour en comprendre une parole, le pacha seul et les
officiers qui l'entouraient savent cela. Il faut cependant
que la chose ait été sérieuse, parce qu'Abdallah, a paru
surpris et a changé même de couleur ; c'est presqu'un
miracle de voir cet homme changer subitement d'avis
et renoncer à l'exécution. »

Luzius lui-même ne put revenir de sa surprise, il
ne savait pas ce que ses enfants avaient dit au pacha,
mais il avait la persuasion que Philémon et Timothée

n'avaient point demandé grâce pour lui, sachant bien
que cela eût été inutile.

« Il faut, pensa-t-il, que l'esprit de Dieu leur ait inspiré ce qu'ils ont pu dire. »

Elmine se retira ainsi dans sa chambre, où elle remercia Dieu de ce qui venait d'arriver, et pria le Seigneur
de toucher le cœur de son époux. Luzius fut ramené
dans sa prison. Ses enfants l'accompagnèrent. Ils voulurent partager sa captivité, car disaient-ils : « Quelqu'horrible que soit ce séjour, nous y serons cependant
heureux, parce que nous nous trouverons avec notre
père. » Mais on ne leur permit point d'y entrer : le père
et les enfants s'embrassèrent tendrement. Philémon
et Timothée remercièrent Dieu d'avoir touché le cœur
du pacha et d'avoir préservé leur père d'une mort
imminente.

Abdallah renvoya son escorte et se rendit au jardin.
Il s'y promena long-temps et à pas précipités dans une
belle allée à l'ombre des palmiers.

« C'est pourtant une chose extraordinaire, se dit-il à
lui-même en s'arrêtant, jamais je n'aurais cru trouver
un courage à toute épreuve dans des enfants d'un âge
si tendre ! Moi-même qui tant de fois ai affronté la mort

dans les combats, j'aurais montré quelques pusillani-
mités, si j'avais dû périr d'une mort si misérable et sans
avoir à mon côté un glaive pour me défendre. Je ne
saurais en disconvenir, je serais rempli d'effroi, si le
sultan m'envoyait le cordon de soie pour me faire
étrangler ! Où ces enfants prennent ils le courage
presque surnaturel de demander la mort comme une
grâce? Il faut que le Christianisme ne soit pas aussi
méprisable que le croient les Turcs. Je vais m'occuper
sérieusement de cette affaire! »

Il reprit sa promenade, s'arrêta de nouveau et dit :

« Ces deux enfants sont arrivés fort à propos sur l'é-
chafaud. J'ai cependant poussé trop loin mon em-
portement envers mon épouse. J'ai donné trop de
retentissement à ma résolution de la faire mourir.
Dans toute la ville, et même dans les campagnes
environnantes, elle a été connue. Je ne pouvais plus
la reprendre avec honneur, lorsque ces deux enfants
sont venus, sans s'en douter, me tirer de ce cruel
embarras.

« Sans doute, ajouta t-il, quand on a commis une
injustice, ou qu'on est sur le point d'en commettre une,
on ne devrait point regarder comme une honte de

renoncer à ces projets; mais un pacha pense quelquefois autrement que les gens raisonnables. — Cependant, passons cela sous silence. Je pourrai maintenant, par l'intermédiaire de ces enfants, annuler ma décision, sans qu'on m'en blâme, bien au contraire, on m'en louera peut-être · c'est ce que j'ai vu et entendu aujourd'hui. Tout le peuple était silencieux et triste pendant qu'il s'agissait de faire exécuter ma sentence, il a poussé des cris de joie lorsque j'ai fait surseoir à l'exécution. Il criait même : *Vive le pacha.* Il s'attendait donc à ce que, étant même dans mon droit, je fisse grâce, au lieu de poursuivre mon droit. »

. Le pacha devint plus calme, se retira dans sa chambre, fit bourrer sa pipe que, dans d'autres moments, il avait eue continuellement à la bouche, mais que ces jours-ci il avait totalement négligée. Il se fit servir du café, en but de temps en temps en continuant à fumer sa pipe. Il chargea ensuite l'esclave qui faisait le service auprès de lui de chercher les deux frères Philémon et Timothée. Ceux-ci vinrent aussitôt, mais s'arrêtèrent timidement à la porte.

« Approchez-vous, mes chers enfants, leur dit

Abdallah : j'ai du plaisir à vous voir ; j'admire votre courage. Asseyez-vous ici auprès de moi, toi à ma gauche, toi à ma droite.

Il leur adressa une foule de questions sur leur père, sur leur mère défunte, sur les occupations de leurs parents, sur la cause qui les avait amenés dans ce pays : il leur demanda aussi comment leur père et Antoine étaient arrivés dans cette ville, quel motif avait engagé Elmine à les prendre chez elle, et ce que son épouse avait fait pendant son absence. Les enfants répondirent à toutes ces questions avec une naïveté et une expansion qui firent plus d'une fois sourire le pacha.

A la fin il leur dit : « Tout cela me plaît beaucoup. Votre père est un très-brave homme, votre mère de même fut une très-brave femme ; Antoine mérite de même des éloges. Mais, dites-moi, votre père n'a-t-il jamais mal parlé de notre prophète Mahomet ? »

« Notre père n'a jamais même prononcé ce nom, répondirent les enfants, c'est dans ce pays-ci que nous l'avons entendu nommer pour la première fois. »

« Mais, continua le pacha, vous haïssez cependant les Turcs, vous autres Chrétiens ? N'est-ce pas ? »

« Oh ! non, s'écrièrent les deux enfants, notre religion nous fait un devoir d'aimer tous les hommes sur lesquels Dieu fait luire son soleil, et parmi ceux-ci se trouvent aussi les Turcs. Nous voyons très-bien que le soleil vous éclaire aussi, comment pourrions-nous donc vous haïr ? » Le pacha sourit.

« Mais, continua Abdallah, vous autres Chrétiens, vous n'aimez cependant pas tout ce qui se passe chez les Turcs ? »

« Sans doute nous n'approuvons pas tout » !

« Et entre autres, que n'aimez-vous pas ? »

« Nous n'aimons point, répondirent les enfants, la conduite des Turcs qui enlèvent les Chrétiens pour en faire des esclaves, dont quelques-uns sont fort mal traités. Les Chrétiens ont souvent aussi fait des prisonniers à la guerre, mais ils ne les maltraitent pas, et n'en font point leurs esclaves ; jamais il n'ont enlevé de Turcs pour les condamner à l'esclavage. »

« Votre père a donc blâmé cela dans les Turcs ? »

« Non, répondit Timothée, notre père ne nous a point parlé de cela, mais nous l'avons vu nous-mêmes. Dans notre patrie, il n'y a point d'esclave turc ; mais dans ce pays-ci il y a beaucoup d'esclaves chrétiens. »

« Notre père, ajouta Philémon, a blâmé la manière
d'exercer la justice en Turquie, où l'on condamne
souvent sans information préalable. Il parlait même
un jour, dans une conversation avec un de ses
amis, d'un cordon de soie que le sultan envoie quelquefois aux pachas. Notre père trouva à redire à cet
usage, mais nous autres, nous ne comprîmes pas de
quoi il voulait parler. Ce cordon, quoique de soie, doit
être une chose fort mauvaise, d'après ce que nous avons
pu conclure des paroles de notre père. »

« Votre père a eu parfaitement raison, répondit le
pacha avec un sourire amer. Mais qu'a-t-il encore
reproché aux Turcs ? »

« Il a trouvé à redire, répondit Timothée, de ce qu'ils
forçaient par le fer et le feu les gens à embrasser leur
religion, ajouta Timothée. »

« Cela suffit ! » répondit le pacha, qui se souvint
dans ce moment d'avoir voulu lui même forcer par le
glaive son épouse à embrasser la foi de Mahomet.

« Parlons maintenant d'autre chose, ajouta-t-il ; je
serais curieux de connaître un peu mieux le Christia
nisme que vous professez. »

— Il adresa ensuite une foule de questions aux en

fants dont il parut satisfait jusqu'à un certain point ;
quelquefois cependant il secouait la tête en signe d'in-
crédulité, mais ne répondait rien. Mais ce qui paraissait
surtout le charmer, ce fut une suite de sentences tirées
des saintes Ecritures et que les enfants lui récitèrent.
Leur pieuse mère et leur vertueux père les leur avaient
répétées si souvent, et le digne prêtre Antoine les avait
si souvent lues devant eux, qu'à la fin ils les apprirent
par cœur. Parmi ces sentences on remarque surtout les
suivantes :

« Dieu est charité, et quiconque demeure dans la
charité demeure en Dieu. Aimons-le, car il nous a
aimés le premier. »

« Dieu a tellement aimé le monde qu'il a donné son
Fils unique pour le sauver ; afin que tous ceux qui
croient en lui ne soient point perdus, mais aient la vie
éternelle. »

« Il donne à ceux qui croient en lui la force de devenir enfants de Dieu. »

« L'amour de Dieu se manifeste par l'observation
de ses commandements, et il n'est pas difficile de les
observer. »

« Le premier et le plus grand des commandements
est celui-ci :

Tu aimeras le Seigneur ton Dieu de tout ton cœur, de toute ton âme, de tout ton esprit et de toutes tes forces. »

« Le second commandement est semblable au premier : Tu aimeras ton prochain comme toi-même. — Tout ce 'que vous voulez que les hommes fassent pour vous faites-le aussi pour eux. »

« Le monde passe avec toute sa grandeur ; mais quiconque fait la volonté de Dieu demeure éternellement. »

« Quiconque conserve et observe mes commandements, dit Jésus-Christ, ne meurt point, mais vivra même après qu'il sera mort ; car il est entré dans la vie par la mort. »

« Les justes brilleront comme le soleil au royaume de leur père, (au ciel.) »

« L'œil n'a point vu, l'oreille n'a point entendu, le cœur de l'homme n'a point pressenti ce que Dieu réserve à ceux qui l'aiment. »

Ces belles sentences qu'Abdallah entendit pour la première fois et surtout dans la bouche de l'innocence, le frappèrent beaucoup, et firent une vive impression sur son esprit. Les enfants furent obligés de les répéter plusieurs fois et ils le firent toujours avec un grand respect.

« Eh bien ! leur dit le pacha, vous êtes des enfants sages, pieux et bien instruits. Allez sur-le-champ annoncer à votre père qu'il est libre. Dites-lui que non-seulement je ne lui ferai plus de mal, mais que je suis disposé à lui faire tout le bien qui dépendra de moi. »

Le pacha se leva et dit au capitaine Omar qui se tenait dans son antichambre : « Conduisez ces deux enfants à leur père, faites ôter les chaînes à ce dernier et amenez-le ici. »

Philémon et Timothée partirent avec Omar. Leurs cœurs battaient avec force lorsqu'ils descendirent cet escalier sombre et étroit pour arriver à cette horrible prison. La porte de fer roula aussitôt sur ses gonds. Ils aperçurent avec peine leur père chéri dans ce cachot terrible, qui n'était éclairé que par un pâle reflet de lumière.

Luzius, chargé de chaînes pesantes, était assis sur la pierre à laquelle il était enchaîné. Les enfants ne purent s'empêcher de verser des larmes à l'aspect de ce pénible spectacle ; cependant la joie remplaça aussitôt la pitié. Tous deux coururent à lui, le pressèrent dans

leurs bras et s'écrièrent dans un saint enthousiasme :
« O cher père ! vous êtes libre, le pacha ne veut plus
vous faire de mal ; mais vous combler de biens. Il vous
le dira lui-même, nous allons vous conduire chez lui. »

« Quel changement subit ! s'écria le père : ô mes chers
enfants, quelle grande joie Dieu nous a préparée dans
sa miséricorde ; oui, ô Dieu fort et puissant, vous qui
dirigez les cœurs des rois et des princes comme des
sources d'eau vive, c'est vous qui avez opéré ce changement dans le cœur du pacha ! Quelles actions de
grâces j'ai à vous rendre, ô Dieu de bonté ! »

« Oui, dit Timothée, le Seigneur est très-bon et très-
clément. Vous en souvient-il, cher père, lorsque nous
trouvant réunis ensemble dans la grotte, nous lui
adressâmes des prières, pour qu'il nous exauçât et ne nous
laissât pas tomber entre les mains du pacha ? Alors il ne
nous exauça pas ; mais il vient de le faire à présent et
d'une manière bien plus glorieuse encore. »

« Oui, dit Philémon, lorsque dans la grotte nous le
priâmes de tout notre cœur de vouloir au moins sauver
notre père chéri, et que notre père fut cependant lié et
emmené entre deux chevaux, alors je fus vivement
attristé. Je ne pus concevoir pourquoi Dieu ne nous

axauçait point. Il me sembla qu'il ne se souciait plus
de nous ; mais je vois maintenant que j'ai fait tort au
bon Dieu. Notre prière ne fut cependant pas inutile.
Il sait mieux que nous ne pourrions le désirer et l'espérer, disposer toutes choses et les conduire à une
bonne fin. Il faut seulement prendre patience et attendre. »

On ôta ensuite les chaînes à Luzius, qui sortit de
son étroite prison, accompagné du capitaine et conduisant chacun de ses enfants par la main. Il entra dans
l'appartement du pacha. Celui-ci fit quelques pas pour
aller au-devant de lui, prit sa main et lui dit : « Soyons
amis, Luzius ! je me suis trompé à votre égard. Je vous
ai fait tort. Le père de si bons enfants ne saurait
être un homme méchant. Venez, asseyez-vous à côté de
moi. »

Il le conduisit au sopha, et Luzius fut obligé de
s'asseoir à côté de lui. Les deux enfants s'approchèrent
ensuite d'Abdallah et lui dirent les mains jointes. Ah,
cher pacha ! rendez aussi la liberté à notre cher maître.
Savez-vous que c'est ce brave jardinier dont il nous a
fallu vous raconter tant de choses qui vous firent
plaisir. Ah ! faites-lui aussi grâce de la vie. »

Il est très-beau de votre part, répondit le pacha, de vous en être souvenu et de me le rappeler. Vous êtes deux charmants enfants : allez lui dire aussi, à lui, que le pacha est son ami, comme il est celui de votre père. Qu'il vienne ici. Le capitaine vous accompagnera. »

Chacun des enfants prit une main du capitaine, et ils allèrent à pas précipité à la prison.

Antoine ignorait tout ce qui venait de se passer. Lorsqu'il entendit les pas de plusieurs personnes se dirigeant vers son cachot, il ne s'attendait à rien moins qu'à être conduit à la mort. La porte s'ouvrit, et les deux enfants coururent à lui et s'écrièrent pleins de joie : « Cher Antoine ! réjouissez-vous ; vous ne serez plus mis à mort, vous êtes libre ! Le pacha n'est plus irrité contre vous. Il vous appelle à l'instant même. Notre père est déjà avec lui. Abdallah vous veut du bien à tous les deux, et vous nomme ses amis. Venez sur-le-champ avec nous. Serait-il possible ! s'écria Antoine hors de lui-même, cela vient de vous, ô mon Dieu, je reconnais dans cet événement le doigt de Dieu ; jamais les hommes n'auraient pu faire cela. Vous, ô Dieu de miséricorde, avez daigné exaucer nos prières ! »

Antoine avait, en effet, adressé du fond de sa prison

de ferventes prières au Seigneur pour le supplier de ne point permettre qu'on privât ces bons enfants de leur respectable père, qu'on fît mourir la vertueuse Elmine, et que le pacha souillât ses mains du sang de son innocente épouse. — « Je ne m'inquiète pas de moi, avait-il dit souvent; mais, ô mon Dieu, sauvez cette femme estimable. Cet homme et cette femme pourront encore faire plus de bien au monde que moi qui ne suis qu'un vieillard décrépit. Appelez-moi ! »

Cette bonne nouvelle que les enfants venaient de lui annoncer, lui causa une grande joie, et il partit avec eux, les conduisant chacun par la main, il entra bientôt après dans les magnifiques appartements du pacha Celui-ci n'avait jamais vu Antoine. Il fut frappé de l'air vénérable du digne prêtre, et le considéra quelques instants. — « Quel dommage, se dit-il tout bas, de faire tomber sous le glaive du bourreau une tête si respectable ! »

Abdallah se dirigea aussitôt vers Antoine, lui présenta la main en disant : — « Luzius m'a pardonné, !pardonnez-moi aussi vous-même, et soyez mon ami.

Luzius embrassa tendrement Antoine, et les larmes des deux se confondirent. Leur émotion fut si grande

qu'ils purent à peine témoigner à Dieu leur vive reconnaissance de tout ce qui venait de se passer. A l'aspect
de cette émotion, le pacha leur dit : — « Permettez-
moi aussi de vous embrasser. Et maintenant venez vous
asseoir à mes côtés, nous allons causer ensemble de
bien des choses. »

« Quant à vous, mes chers enfants, dit Abdallah
aux deux frères, allez trouver Elmine mon épouse,
racontez-lui ce dont vous venez d'être témoins, dites-
lui que je la prie de me permettre d'aller la voir. »

Les deux enfants partirent aussitôt, la joie leur
donna des ailes : ils entrèrent précipitamment dans la
chambre d'Elmine et s'écrièrent : « Le pacha vient
d'embrasser notre père et notre cher maître, son émotion est grande, nous avons vu couler ses larmes. Tous
trois sont maintenant assis ensemble et paraissent très-
heureux. Votre époux vous fait demander si vous lui
permettez de venir vous voir ? »

Elmine avait appris avec une surprise extrême le
changement qui venait de s'opérer dans son époux, ainsi
que la faveur qu'il avait accordée à Luzius et à Antoine.
Elle s'attendait aussi à n'être pas oubliée. La nouvelle
que les enfants venaient de lui transmettre le combla

de joie ; elle pressa avec délices les deux frères contre
son cœur et leur dit : « Allez aussitôt annoncer à
mon époux combien je serai heureuse de le voir. » Les
enfants partirent sur-le-champ, ils volaient plutôt qu'ils
ne marchaient.

Abdallah se leva aussitôt et se rendit à l'appartement
de son épouse. Il s'arrêta au seuil de la porte et dit :
« O ma chère Elmine, veux-tu me pardonner ? Ah !
je t'ai causé beaucoup de chagrin. Je t'ai profondément
blessée ! J'ai même voulu te faire mourir ! Oublie ma
conduite et pardonne-moi ! » Elmine courut aussitôt à
lui et le pressant contre son cœur : « Mon cher
époux, lui dit-elle, je n'ai jamais été irritée contre
vous, j'ai, au contraire, sans cesse prié pour vous. »

« Ta prière n'a pas été inutile, répondit Abdallah.
J'avais tout employé pour te faire revenir à d'autres
pensées. Dorénavant je ne t'empêcherai plus de pratiquer la religion chrétienne, j'espère devenir moi-
même chrétien un jour. »

Les deux s'assirent ensuite. Elmine raconta comment
elle avait appris à connaître les deux frères, comment,
d'après ce que ces deux enfants lui avaient raconté,
elle avait fait appeler le prêtre Antoine ; comment les

Turcs avaient amené en ville Luzius, le digne père de
Philémon et de Timothée, comment elle l'avait racheté
de l'esclavage pour le rendre à ses enfants. « Je crois,
ajouta-t-elle, que Dieu a ainsi disposé toutes choses, je
crus ne pouvoir pas faire autrement, et j'espère que vous
approuverez ma conduite. »

« Vous avez très-bien fait, répondit Abdallah, j'aurais
aussi fait comme vous : peut-être cependant n'aurais-je
pas agi avec tant de prudence. J'en bénis Dieu avec
vous. » Et il jeta au ciel un regard attendri. « Cependant
viens avec moi, nos amis nous attendent, nous allons
passer ensemble une heureuse soirée. »

Abdallah donna le bras à son épouse et entra avec
elle dans l'appartement. Son regard rayonnait de joie.
Elmine aussi souriait : des larmes brillaient dans ses
yeux. Luzius et Antoine lui témoignèrent le bonheur
qu'ils goûtaient de voir cet heureux denouement. Les
enfants partageaient aussi l'ivresse générale.

« Nous allons souper ensemble, dit le pacha ; car
j'ai également oublié de dîner aujourd'hui, et je crois
que vous avez tous fait comme moi. »

Quelques instants après, le souper fut servi : Jamais
réunion ne fut plus heureuse. Elmine s'apercevant que

les enfants avaient sommeil, leur dit d'aller se coucher. Le pacha, son épouse, Luzius et Antoine restèrent ensemble se livrant à des conversations pieuses et intéressantes jusqu'à l'heure de minuit, pour se rendre ensuite dans leurs appartements et y goûter le repos.

Le lendemain, Abdallah fut obligé de s'occuper des nombreuses affaires qui l'attendaient et qui ne lui laisseraient point de moment disponible jusqu'au soir. Une foule d'employés se présentèrent pour lui rendre compte des affaires qui s'étaient accumulées pendant sa longue absence. Ces occupations absorbèrent tous ses moments, et se prolongèrent pendant plusieurs semaines. Pendant ce temps Elmine resta presque toujours dans ses appartements. Antoine et Luzius reprirent comme auparavant leurs occupations au jardin. Le désir de revoir leur chère patrie devint de plus en plus vif dans leurs cœurs. Luzius fit rappeler à Elmine, par ses enfants, la promesse qu'elle leur avait faite de les laisser retourner en Hongrie, et Elmine en parla à son époux.

Abdallah se rendit un jour au jardin et dit à Luzius et à Antoine : « Je conçois très-bien que vous désiriez quitter ce pays où votre religion est proscrite, pour retourner dans votre patrie. Mais voici venir l'hiver, et il ne fait pas bon voyager dans cette saison. Le bien que je vous veux ne me permet donc pas de vous laisser partir ; cependant, je dois vous l'avouer, l'intérêt y est aussi pour quelque chose : tout comme je ne veux pas vous exposer à des dangers et à des inconvénients sans nombre, de même je dois aussi un peu songer à moi-même. Je désire jouir plus long-temps de vos conversations si utiles et si intéressantes. Je ne saurais me passer du vénérable prêtre Antoine ; car le salut de mon âme me tient plus à cœur que toute la pompe et les richesses de ce monde. »

Les deux amis consentirent volontiers à sa demande, et Abdallah passa avec eux tous les moments que lui laissaient ses nombreuses occupations. Il s'entretint surtout souvent avec Antoine sur les vérités de la religion chrétienne.

Souvent, lorsqu'au milieu des ténèbres de la nuit il voyait encore briller le reflet de la lumière dans la petite cellule que le prêtre occupait au jardin, il se glissa auprès du saint homme, pour ne pas être aperçu des Turcs, comme faisait autrefois Nicodème, qui se rendait aussi pendant la nuit auprès de Jésus-Christ dans la crainte d'être remarqué par les Juifs.

Les Turcs furent, en effet, très irrités à la vue de cette familiarité de leur pacha avec le chrétien Luzius ; ils ne purent surtout pas lui pardonner ses entretiens avec le prêtre Antoine. Ils avaient remarqué avec surprise que depuis ce moment le pacha ne se mettait plus si fréquemment en colère, mais qu'il était bien plus doux qu'autrefois, qu'il ne renvoyait plus, sans les entendre, les personnes qui avaient des plaintes à lui faire, et qu'il prenait soin de réparer les torts qu'ils avaient commis avec trop de précipitation, ce qui les contenta tous. — « Nous sommes mieux administrés maintenant qu'autrefois, disaient-ils, et cette conduite nous fait bien plaisir. »

Antoine possédait les talents d'exposer la beauté et la divinité de la religion catholique avec tant de clarté et de précision, qu'Abdallah en fut de plus en plus épris. Le digne et vertueux ecclésiastique commença ses instructions par la chute du premier homme, par la promesse d'un Rédempteur; parcourant ensuite toutes les prédictions des prophètes concernant Jésus-Christ ,

et leur accomplissement en sa personne ; il raconta ensuite, avec une noble simplicité, l'histoire du fils de
Dieu, sa naissance miraculeuse, l'appariton des anges entonnant le cantique d'allégresse pour célébrer son
arrivée parmi les hommes, les bergers qui visitèrent son
berceau ; il parla des Mages qui vinrent du fond de
l'Orient lui apporter des présents, du baptême de
Jésus-Christ, du ciel qui s'entr'ouvrit à ce moment, de
la voix qui se fit entendre du haut des cieux, de la doctrine céleste de Jésus - Christ, de ses prédictions, qui
s'accomplirent aussi bien que celles que les prophètes
avaient faites de lui-même, de ses miracles, de sa
passion, de la couronne d'épines et de la croix,
de l'amour infini qu'il fit paraître en allant souffrir la
mort pour les hommes, de la générosité qu'il montra
en pardonnant à ses bourreaux, de sa généreuse
résurrection, des anges que les pieuses femmes
trouvèrent au tombeau, de son ascension glorieuse
au ciel, de la descente du Saint-Esprit sur les apôtres, du changement merveilleux opéré en ceux-ci
par l'effusion des grâces de l'Esprit-Saint, de la conversion du monde païen, renonçant à l'idolâtrie à la voix
de douze pauvres pêcheurs de la Galilée, et termina

ce tableau par l'exposition des bienfaits innombrables
que l'univers doit à la religion de Jésus-Christ.

Abdallah avait écouté avec la plus grande attention
l'histoire des précieux détails dans lesquels le digne
prêtre était entré pour exposer convenablement son sujet, et il parut touché. Mais ce qui recommandait encore
plus vivement les paroles du saint homme, ce fut le
ton de la profonde conviction avec laquelle il s'annon-
çait, ce fut surtout la vie irréprochable qu'il menait et
qui frappa tout le monde. Abdallah fit de sérieuses réflexions sur tout ce qu'il entendait et voyait depuis son
retour. Souvent il s'enfermait seul dans sa chambre,
ou se promenait dans les beaux jardins d'automne, sous
les berceaux ombragés de son jardin, pour s'abandonner aux graves méditations que lui suggéraient les paroles du prêtre. Un jour son épouse alla le rejoindre
au jardin, où elle le trouva assis sur un banc et lui
dit :

« Pourquoi êtes-vous seul et pensif ? De quoi vous oc-
« cupez-vous donc ? »

« Ah ! lui répondit-il, tu peux facilement le deviner !
La religion que tu professes fait l'objet de mes graves

méditations. Je pense à mes deux amis. Ce sont des hommes très-respectables. Le prêtre Antoine est si profondément humble, si doux , si pénétré d'amour pour Dieu et les hommes, il a tant de candeur, de probité et de simplicité que je ne puis assez l'admirer. Luzius aussi est un digne homme ; quoiqu'il soit très-versé dans les affaires de ce monde, il est cependant bien élevé au-dessus des biens des hommes et des vains désirs de cette terre. Tous deux ne tiennent plus aux choses d'ici-bas ; l'amour de Dieu et des hommes remplit leur cœur ; leurs pensées sont tournées uniquement vers Dieu. Leur bonheur consiste à l'honorer et à faire du bien à leur prochain. Quelle différence entre ces deux hommes et entre l'orgueil, l'avarice, l'ambition, la volupté de nos Turcs tels qu'ils sont presque tous ! Et ensuite je n'admire pas moins ces deux aimables enfants , Philémon et Timothée ! Combien ils sont attachés à leur père ! Combien ils honorent leur digne maître dont ils exécutent avec joie et empressement le moindre désir, la moindre parole ! qu'ils sont toujours aimables et gais ! Mais ce qui m'a surtout étonné en eux , et ce que je n'oublierai jamais , c'est le courage avec lequel ils ont bravé la mort , soutenus par la pensée qu'en mou-

rant pour la religion, ils recevraient en partage la cou
ronne céleste ! "

« Et toi aussi, ma chère Elmine, ajouta-t-il, tu as
toujours été une épouse tendre, vertueuse et bonne,
mais depuis que tu es chrétienne (ne crois point que la
flatterie me dicte ce langage), tu me parais être une
substance céleste. Lorsque je te vois élever au ciel tes
pensées et ton cœur, t'entretenir avec Dieu par des prières ferventes, il me semble que tu es transfigurée ! Et
puis, tu m'as pardonné avec tant de grandeur d'âme
mon indigne conduite, la rage insensée de te faire
mourir! Bien plus, non-seulement tu me l'as pardon-
·née, tu n'étais pas même irritée contre moi, tu ne m'a-
vais pas même retiré ton amour! " Et une larme
brillait dans ses yeux, et il la pressa contre son cœur.
— « Une religion, dit-il en terminant, qui forme des
hommes si vertueux doit être une bonne religion.
Quant à moi, je suis décidé à embrasser le Christianisme, et ma résolution est inébranlable. "

Abdallah fit part de sa résolution à ses deux amis, qui
en témoignèrent la plus grande joie et en remercièrent
Dieu. — « Cependant, dit le pacha, il faut que je vous
prévienne que la chose doit encore rester secrète. Les

plus pressants motifs m'engagent à en agir ainsi. En
attendant, je désirerais avoir une petite chapelle dans
mon palais, et je pense qu'on pourra en établir une
sans que les Turcs l'apprennent. J'ai vu autrefois, pendant mon séjour à Constantinople, une telle chapelle
dans la maison d'un ambassadeur chrétien, et cette
chapelle où brillaient un riche autel et de beaux
tableaux, m'intéressa beaucoup, sans doute seulement sous le rapport de l'art. Je crois que l'appartement qui conviendrait le mieux à cet usage,
serait la chambre dans laquelle sont renfermés mes
trésors et mes bijoux, puisque personne n'a jamais pu y
entrer ; je compte sur vous, mes amis, pour exécuter
convenablement ce projet. "

Luzius, ce négociant entendu et plein d'expérience,
s'offrit à faire venir les vases d'or et d'argent nécessaires
au culte divin. Antoine, de son côté, promit de se procurer
un missel, un rituel et les autres livres nécessaires
ainsi que les ornements sacerdotaux. "

" Et moi, ajouta le pacha, en se frottant la barbe, je
vous remettrai sur-le-champ une somme plus que suffi-
sante pour nous procurer tout cela. Ayez soin que tous
les objets soient riches et bien travaillés ; entendez-vous

sur tout le reste. Ayez soin de faire expédier tout cela à
mon adresse et dans des caisses bien fermées, jusqu'aux
frontières de l'empire turc ; je donnerai des ordres pour
que les caisses parviennent au plus tôt sans être visitées
par les employés et les douaniers. Mais ne parlez point
de tout cela à mon épouse, je désire lui ménager une
surprise. »

Tout ce qui avait été commandé arriva plus tôt qu'on
ne s'y était attendu. Abdallah aurait voulu être présent
pendant qu'Antoine et Luzius disposaient en chapelle
l'appartement désigné. Mais des affaires pressantes l'o-
bligèrent à s'éloigner et à se rendre dans une autre
ville ; ce qui fit grand plaisir aux deux amis, qui voulurent le surprendre à leur tour. Une table de bois de
cèdre servit d'autel. Au-dessus de l'autel, contre le mur
de l'appartement, fut placé un joli tableau en cadre
d'or. Six chandeliers et un Christ d'argent furent placés
sur l'autel. On mit dans une voûte pratiquée au mur, le
calice qui était en or massif, et orné de pierres précieuses : la patène était du même métal, les deux burettes
ainsi que le plat étaient en vermeil, la sonnette était
d'argent, les ornements sacerdotaux étaient d'une

grande richesse, le tout se distinguait par un travail parfait.

Lorsque Abdallah fut de retour de son voyage, il se rendit aussitôt à la chapelle où il fut fort surpris. Avant de tout examiner en détail, il fit appeler Elmine, pour lui faire voir tous ces objets. Tous deux s'extasièrent à la vue de ces beaux ornements; mais ce qui les frappa surtout, ce fut le devant d'autel représentant les trois Mages à la crèche de Bethléem. Elmine était ravie à l'aspect de la sainte Vierge tenant sur ses genoux le divin enfant Jésus. Abdallah, au contraire, admira l'air majestueux des trois Mages, dont le costume oriental, la coiffure qui ressemblait à un turban ainsi que le maure, lui plurent singulièrement. L'étoile qui brillait au-dessus de leur tête attira aussi son attention. — « Une semblable étoile, dit-il, vient aussi de luire sur moi par la miséricorde divine, et, à l'exemple de ces Mages, je vais aussi adorer mon Sauveur. »

Le jour fixé au baptême d'Abdallah arriva. Antoine l'avait préparé depuis quelques jours à la réception de ce sacrement ainsi que de celui de la très-sainte Eucharistie. Abdallah entra dans la chapelle avec son épouse et son ami Luzius. Les cierges brûlaient sur l'autel, le missel était ouvert. Abdallah et Elmine furent surpris de n'y point rencontrer Antoine. Luzius ne le fut pas moins de n'y point voir ses fils qui s'y étaient cependant déjà rendus beaucoup plus tôt. Tout-à-coup les deux frères, portant le costume d'enfants de chœur, sortirent de la sacristie pour servir à l'autel. Antoine qui avait eu soin de leur apprendre la manière de servir la messe, les suivit revêtu des ornements sacerdo- taux.

Abdallah d'une voix forte prononça la formule de la profession de foi catholique. Antoine le baptisa et lui donna le nom de Paul. « Jusqu'ici, dit le pacha, je fus un Saul persécuteur ; fasse le ciel que je devienne un Paul fidèle ! »

Elmine fondait en larmes pendant cette sainte céré- monie ; elle se rappelait le moment où elle-même eut le bonheur d'être régénérée dans l'onde sacrée et d'être en quelque sorte transportée au ciel.

Antoine commença ensuite le saint sacrifice de la messe ; Abdallah et son épouse attendaient dans une sainte im- patience l'heureux moment où ils devaient être admis à la participation du pain des anges. Au *Sanctus* et à l'é- lévation, les enfants sonnèrent. Abdallah et Elmine

prosternés à terre, se frappèrent la poitrine, et adorè-
rent en silence le Saint des Saints qui venait de s'incar-
ner entre les mains du prêtre. Lorsque le ministre du
Seigneur eut reçu le corps et le sang adorable de Jésus-
Christ, il se retourna vers les assistants, le pacha et
son épouse allèrent ensuite s'agenouiller sur les marches
de l'autel, et reçurent de même avec une ferveur angélique la manne céleste qui devait garder leurs âmes
pour la vie éternelle. Tous deux parurent abîmés en
oraison.

Lorsque le saint sacrifice fut achevé, le prêtre quitta
l'autel avec ses deux ministrants et se rendit à la sacristie. Il s'écoula bien une demi-heure avant qu'il ne
reparût dans son costume ordinaire. Aussi avait-il
adressé différentes prières à Dieu pour Abdallah et
Elmine.

« Mon fils, ma fille, leur dit-il en s'approchant d'eux,
que la grâce du Seigneur fasse servir cette sainte action
à votre félicité éternelle ! »

Abdallah l'embrassa, Elmine lui baisa la main. Chacun se retira ensuite dans ses appartement, pour y
prier et se recueillir devant le Seigneur.

Luzius demanda avec plus d'instance encore la permission de se retirer dans sa patrie. « Je ne puis vous
le refuser, répondit Abdallah; car moi-même je ne pense
pas rester toujours dans ce pays; mais il ne m'est pas
encore loisible de partir. Il me reste à réparer une foule
d'injustices que j'ai commises autrefois. Je ne veux
point, semblable à un voleur, me dérober par
la fuite. Je vais rendre compte au sultan de mon
administration, et lui demander en forme la permission
de me retirer. Je veux qu'à la nouvelle de ma conversion au Christianisme, il puisse dire que non-seulement je suis resté honnête homme, mais que je le suis
encore devenu davantage. Il ne faut point lui fournir
l'occasion de dire du mal de la religion que j'ai embrassée. Je vais aussi mettre en sûreté la fortune que mon
épouse m'a apportée lors de notre mariage. Elmine saura mieux employer ses richesses au profit des pauvres
que si elles venaient à tomber entre les mains de je ne
sais qui : je vais agir en tout comme doit agir un homme d'honneur et un bon chrétien. »

Elmine s'occupa donc de faire habiller à neuf Luzius
et ses deux fils selon le rang qu'ils devaient occuper
dans le monde. Il se trouvait alors parmi les esclaves

chrétiens de la ville, un jeune Hongrois qui était un
très-bon tailleur, et qui par son travail, faisait gagner
beaucoup d'argent à son maître. Elmine le fit appeler et
lui demanda s'il pourrait et voudrait confectionner
des habits pour Luzius et ses fils, à la mode des Hongrois?

« Avec bien du plaisir, répondit-il, je m'entends encore très-bien à confectionner des habits à la hongroise
et j'y réussis mieux que dans ceux que je fais à la turque. Il faut que ces habits aillent bien, et tous les tail-
leurs de la Hongrie ne devront rien trouver à y redire. »

Il lui demanda la permission de prendre la mesure.
Elmine fit aussitôt appeler Timothée et Philémon. —
Voilà qui est bien, s'écria-t-il : comme ces enfants sont
de la même taille et de la même grosseur, il me suffit
de prendre la mesure d'un seul pour faire les deux habits. »

Elmine le fit ensuite conduire chez Luzius. Quelque
temps après, le jeune tailleur apporta les habits qui allaient parfaitement bien. Elmine loua le travail, paya
la façon et lui fit encore un petit cadeau en disant : « Je
pense que le pacha, sur ma demande, vous rachètera

de votre maître et vous donnera la liberté. Le jeune homme la remercia, lui baisa la main, et partit heureux, dans l'espérance de recouvrer bientôt sa liberté.

Mais il s'écoula encore plus d'une année avant le départ de Luzius et ses deux fils. Abdallah voulut les accompagner jusqu'à la première ville frontière où l'attendaient des affaires, mais il fut empêché par de nombreuses occupations qui lui survenaient à tout instant. Elmine elle-même chercha à différer autant que possible le moment du départ pour jouir plus long-temps de la présence de ces hommes. Luzius tomba dangereusement malade, et fut obligé de rester encore plus long-temps qu'il ne s'y était attendu.

Enfin arriva ce jour si ardemment désiré. Abdallah, Luzius et ses enfants venaient de déjeuner. Tout était prêt pour le départ, lorsque les deux enfants se mirent à pleurer. « Qu'avez-vous donc, mes chers enfants, leur demanda Elmine, pour pleurer ainsi ?

« Ah ! s'écrièrent les deux, c'est le chagrin de vous quitter, qui nous fait verser des larmes. » Et ils couvrirent sa main de baisers et de larmes.

« Ne pleurez pas ainsi, mes amis, répondit Elmine ; rassurez-vous ; car nous nous reverrons sous peu. »

Tous deux s'approchèrent ensuite en pleurant de leur digne maître pour prendre congé de lui. — « Vous pleurez, comme si vous alliez sortir de ce monde, tandis que vous retournez dans votre chère patrie, où nous nous rejoindrons ; oui, nous vous rejoindrons bientôt, » leur dit Abdallah.

« Il en arrive ainsi, dit Antoine, quand un de nos amis ou notre père, notre mère, un frère ou une sœur sont obligés de faire le voyage de l'éternité. Il ne s'agit cependant que d'une courte séparation. Nous espérons qu'au ciel, qui est notre véritable patrie, nous nous reverrons tous un jour. Ainsi ne vous inquiétez pas tant, mes chers enfants! Chaque fois que les Chrétiens se disent adieu, la meilleure consolation est celle-ci : nous nous reverrons dans ce monde ou dans l'autre. »

Les enfants essuyèrent leurs larmes et parurent consolés. La voiture s'avança; une troupe de vaillants janissaires attendait depuis long-temps pour l'escorter. Abdallah monta dans la voiture avec Luzius, Timothée et Philémon. Tous présentèrent la main à Elmine et à Antoine. Les enfants firent leurs adieux avec leurs mouchoirs trempés de larmes.

Timothée et Philémon se remirent de leur chagrin

les montagnes et les vallées, les forêts et les champs,
les bourgs et les villages qui paraissaient en quelque
sorte s'envoler, les amusèrent beaucoup. Ils ne parurent
assez admirer la richesse et la variété du paysage.
Plusieurs contrées couvertes de bois et de rochers présentaient un aspect magnifique. Tous bénirent Dieu
d'avoir si richement doté ce bel univers.

Les voyageurs arrivèrent heureusement à la ville
frontière. Deux janissaires à cheval s'y étaient déjà rendus la veille pour annoncer l'arrivée du pacha. Une
foule de peuple s'étaient réunie à la porte et dans les
rues pour le voir passer.

Le pacha descendit à la grande maison destinée à
recevoir toutes sortes de voyageurs, et demanda à être
logé dans la plus grande et dans la plus belle des chambres. Cet appartement n'était pas brillant mais convenablement meublé et avait une vue fort étendue sur la
Hongrie. Luzius se plaça à une fenêtre, et, à l'aspect des
montagnes de sa patrie, ses yeux se remplirent de larmes. Il jeta au ciel un regard plein de reconnaissance
et bénit Dieu de lui avoir enfin permis de rentrer dans
sa patrie après tant de peines et d'angoisses. Cependant
on vit entrer dans l'appartement un homme portant un

beau costume turc et tenant sous le bras une jolie cassette : il salua profondément le pacha et lui dit : « Votre
seigneurie ne désire-t-elle pas acheter de mes marchandises ? Je fais le commerce de bijoux pour messieurs et
dames. Je vous offre le plus bel or, je ne surfais jamais. »

Sans attendre la réponse du pacha, le marchand étala
sur la table la plupart de ses marchandises. « Il faut,
dit-il, que votre seigneurie achète quelques-unes de ces
bagues ou un de ces bracelets garnis de diamants et de
rubis, ou une de ces chaînes d'or pour madame son
épouse. »

Luzius s'approcha aussi de la table, examina les
marchandises, dont, en sa qualité de négociant, il connaissait très-bien le prix, et dit : « Cet or est mauvais,
il pèse à peine six carats : quant à ces pierres, elles sont
fausses. »

« Point du tout, répondit le marchand ; celui qui dit
cela ne se connaît ni en or, ni en pierres précieuses.
Sa seigneurie, ajouta-t-il en se tournant vers le pacha
est un véritable connaisseur, comme je m'en suis aperçu
toute-à-l'heure. »

Luzius jeta un regard scrutateur sur cet homme,
lui frappa sur l'épaule en disant : « Coquin, je te con-

nais depuis long-temps, tu voulus aussi me tromper moi-même ! Oui, tu as trompé pour une belle somme d'argent un bourgeois de ma ville natale. Ce brave homme aurait presqu'été réduit à la mendicité, si ta fourberie n'avait heureusement été découverte. »

« Cela n'est pas vrai, s'écria le fripon, monsieur se trompe ! jamais de ma vie je n'ai vu monsieur ! Je ne sais qui il est, ni ce qu'il veut ! »— Il remarqua aussitôt la mine sévère et le regard foudroyant que lui lança le pacha. — « Eh bien ! dit-il, que ce cher monsieur qui est chrétien soit ce qu'il veut ; quant à moi je vois bien qu'il a gâté mon affaire et qu'il n'y aura rien à gagner ici pour moi. » Il remit aussitôt ses bijoux dans la cassette et voulut s'éloigner.

Au même instant Philémon et Thimothée auquel leur père avait permis de voir un peu la ville, entrèrent dans l'appartement. Timothée dit aussitôt : « Voilà l'homme qui nous a enlevés. » — « Oui, oui, ajouta Philémon en le considérant avec attention, c'est lui-même ! » Les enfants ajoutèrent aussitôt : « En entrant dans la ville il nous a semblé le reconnaître, et maintenant nous nous rappelons très-bien d'avoir déjà été ici. » — Timothée regarda autour de lui dans l'appartement et dit · « C'est ici dans cette chambre que cet homme nous a vendus. C'est ici sur cette table qu'on lui compta l'argent. » — Philémon ajouta : « L'aubergiste était présent au moment de la vente. Il eut pitié de nous, mais ne put nous sauver ; sans doute qu'à présent il ne parait plus nous connaître.

Le marchand, stupéfait, se tenait toujours là, sa cassette sous le bras. Il nia tout et jura en disant : « Dieu m'est témoin que je ne connais pas ces gentils jeunes messieurs. Comment un homme pourrait-il être assez téméraire pour enlever et vendre deux jeunes petits messieurs qui sont en si grande faveur auprès du pacha ? Un tel scélérat ne mériterait pas de voir la lumière du jour. »

Le pacha fit ensuite appeler l'aubergiste et lui demanda s'il connaissait les deux frères. Ceux-ci se présentèrent aussitôt à l'aubergiste, qui les considéra très-attentivement et dit ensuite :

« Oui, je me rappelle très-bien d'eux. D'abord je ne les ai pas reconnus, parce qu'ils ont bien grandi, mais leur grande ressemblance qui me frappa déjà alors et qui maintenant est encore on ne peut plus frappante, me donne la certitude qu'ils ont en effet été vendus par cet homme-ci dans cette chambre même. Quant à cet individu lui-même, je ne sais rien en dire, ne l'ayant plus revu de cette époque, et n'en ayant point entendu parler. »

Le pacha fit ensuite appeler le cadit, juge de la ville : Celui-ci se tenait dans l'antichambre. Abdallah lui raconta ce dont le marchand était accusé et lui demanda ce qu'il en savait.

Le cadi répondit : « Cet homme m'a été tout-à-fait inconnu ; car je ne suis ici que depuis un an, et comme il n'est revenu dans ce pays que depuis quelques jours, je le vois aujourd'hui pour la première fois. Cependant , d'après les renseignements que m'ont transmis mes gens, concernant un bijoux [suspect, je suis porté à croire que c'est lui. D'après les rapports qui m'ont été faits, il se fait tantôt passer pour chrétien, tantôt pour turc. D'après d'autres renseignements dont je ne puis garantir l'authenticité, c'est un juif polonais, mais quel qu'il puisse être, il n'aurait pas échappé à ma surveillance ; car j'ai donné des ordres sévères à mes employés et espions de le surveiller de très-près pour le surprendre en flagrant délit. Maintenant le fripon a été découvert par votre seigneurie sans ma participation

et celle de mes gens. « Le pacha pria ensuite Luzius de
raconter la fourberie dont cet homme s'était rendu
coupable autrefois. Luzius raconta : »

« Le fourbe présenta une lettre de change dont il
toucha aussitôt le montant à un digne négociant de ma
ville natale, mais dont la prudence n'égalait point la
probité. Celui-ci ne reconnut la fourberie qu'au moment où il voulut toucher l'argent, et apprit que la
lettre de change était fausse. Il porta plainte contre cet
homme. Le filou nia que la lettre de change qu'on pré
sentait au tribunal fût celle qu'il avait offerte au négociant. Le négociant, fort embarrassé, vint me trouver. Je
pris fait et cause pour ce malheureux. Je le recommandai
à mon avocat, lui promettant de payer les frais du plai-
doyer. Le fripon fut mis aux arrêts, on instruisit le procès.
Après un long espace de temps, les juges prononcèrent
la sentence suivante : »

« Que le fripon sera tenu à rembourser l'argent qu'il
avait touché, et à payer, en outre, les frais de la procédure ; que, eu égard aux arrêts qu'il avait gardés dans
la prison, on lui faisait remise de toute autre punition ;
mais qu'ayant été chargé de différents autres griefs, il
serait placé sous la surveillance de la police jusqu'à ce

qu'il *se corrigeât*. Son avocat lui demanda ce qu'il y avait à faire, s'il fallait se soumettre à cette sentence, ou en appeler à un tribunal supérieur? La réponse que fit ce fripon est unique, son avocat lui-même l'a racontée en riant et dans une nombreuse société : « Eh bien ! dit-il à son avocat, je consentirai à payer ce qu'on me demande, quoique je le fasse à regret, mais il faudrait pouvoir effacer ces mots : *Jusqu'à ce qu'il se corrigeât*. »

Tous se mirent à rire, mais le pacha dit d'un ton sévère :

« Ce coquin là est parvenu à se soustraire à la surveillance de la police, et n'a fait aucun cas de l'injonction qui lui avait été faite de se corriger. Quoique ni moi, ni aucune puissance au monde ne puissions le forcer à s'amender, je pourrai toutefois l'empêcher de faire du mal à l'avenir. — La chose me paraît claire et n'a pas besoin d'être long-temps discutée. Cet homme resta un pécheur endurci, et, à peine sorti de la prison, il chercha à se venger en enlevant les deux enfants pour les vendre ensuite et récupérer l'argent qu'il avait été obligé de restituer au négociant ainsi que pour couvrir les frais de la procédure. Tout comme il trompa autre-

fois le monde avec de faux billets de banque, de même
il le trompe à présent en vendant de faux bijoux. Qu'on
le mette donc aux fers et qu'on le conduise aux mines
pour y travailler sa vie durant en qualité d'esclave. Là
il apprendra à se corriger et à expier ses fautes. »

Luzius dit à son tour : « Ici on reconnaît la justice de
Dieu qui punit le coupable. Dans cette même salle où
il vendit autrefois mes enfants il est condamné lui-
même à l'esclavage.

Un malfaiteur peut long-temps continuer à faire
le mal, sans en être puni, mais enfin la justice divine
l'atteint et lui fait expier ses crimes. Dieu paraît quelquefois fermer les yeux sur le mal, mais sa justice
éclate tout à coup pour foudroyer les criminels. Puissent tous les hommes, avertis par cet exemple, se convaincre que Dieu qui voit tout sait tôt ou tard rendre à
chacun selon ses œuvres.

Le lendemain, Luzius partit de grand matin avec ses
deux fils. Le pacha lui avait remis une forte somme
d'argent pour le mettre à même de réparer ses affaires
et d'effacer les pertes que lui avaient causées les dom-
mages de la guerre ainsi que ceux de la stagnation de
ses affaires. Il embrassa tendrement Luzius ; les deux

enfants lui baisèrent les mains en signe de reconnaissance, et le prièrent en pleurant de saluer encore une
fois Elmine ainsi que le prêtre Antoine, leur digne
maître.

Abdallah les pressa avec amour contre son cœur et
leur dit : « Vous avez été mes bons anges ; c'est vous ou
plutôt Dieu par vous qui d'un tigre a fait un agneau.
Ne pleurez pas, et recevez mes adieux.

Les enfants ne purent articuler une seule parole, les
larmes paraissaient les suffoquer ; leur père aussi fut
vivement ému. Au moment où ils montèrent dans la
voiture, Abdallah dit : « Que le Dieu tout-puissant vous
bénisse et vous protége ainsi que votre père ! » — Au
moment où la voiture partit, il leur dit encore : —
« J'espère qu'avant un an nous vous reverrons.

Luzius arriva heureusement dans sa ville natale avec
ses fils. La nouvelle du retour de ce digne homme et
de ses enfants se répandit aussitôt dans toute la cité.
Beaucoup de personnes se présentèrent chez lui pour
lui témoigner la joie que leur causait ce retour inespéré.
« Dieu soit loué, s'écria plus d'un de ses anciens amis,
de ce qu'enfin nous vous revoyons ! Oh ! que Dieu est
bon ; que ses voies sont admirables ! Vos deux fils aussi

sont revenus. Nous les crûmes perdus depuis long-
temps : qu'ils sont devenus beaux et grands ! eux que
nous avons vus enfants autrefois sont presque devenus
des jeunes gens. Nous ne saurions assez louer et bénir
Dieu de cet heureux événement. »

Luzius trouva sa maison occupée par des locataires
qu'on y avait placés pendant son absence ; mais tout
y était changé et singulièrement négligé.

Les affaires de son commerce avaient cessé, personne
n'ayant eu le courage de les continuer. Il eut par conséquent beaucoup à faire pour rétablir l'ordre dans sa
maison et renouer ses correspondances ; ses enfants ne
manquérent pas de lui prêter la main. Il se rendit
ensuite à sa maison de campagne où il fut de même
reçu aux acclamations les plus vives.

Tout le village s'assembla pour le féliciter de son retour. Les habitants qui avaient autrefois pleuré la perte
des deux enfants, versèrent maintenant des larmes de
joie en les revoyant si grands et si bien faits. Cette
maison ainsi que les biens qui en dépendaient avaient
aussi été affermés. La maison paraissait menacer ruine.
Luzius prit aussitôt les mesures nécessaires pour la
réparer en dedans et en dehors.

Les belles plates-bandes du jardin avaient disparu, on y avait planté des choux et des raves. La pépinière seule que Luzius avait plantée présentait un magnifique aspect. Les jeunes arbres avaient singulièrement grandi et étaient chargés d'innombrables feuilles et de fleurs.

Une année s'écoula ainsi au milieu des nombreuses occupations qui absorbaient tous les moments de Luzius et de ses fils. Le printemps reparut avec toute sa magnificence. Tous trois allèrent quelquefois se délasser à la campagne des travaux de la ville pour respirer un air pur et se récréer à la vue des merveilles de la nature.

C'était par une magnifique soirée du printemps : les deux frères étaient assis sur un banc devant la porte de la maison, le père était encore occupé à écrire quelques lettres, lorsqu'ils aperçurent sur le sentier qui longeait leur campagne et qui conduisait au village un homme étranger qui paraissait chercher un gîte pour la nuit. Il était vêtu d'une longue robe brune, tenait dans sa main droite un long bâton blanc, sous le bras gauche un livre ; sa tête était couverte d'un grand chapeau de paille noire dont les deux bords étaient relevés.

« C'est sans doute, dit Timothée, un frère ou peut-être même un religieux d'un monastère voisin. »

« Il paraît être étranger à cette contrée, répondit Philémon ; nous allons l'inviter à passer la nuit avec nous, cela portera bonheur à notre maison. »

Ils se levèrent et allèrent à sa rencontre. L'étranger étendit ses bras et s'écria plein de joie : Je vous salue, mes chers fils, je bénis Dieu de vous rencontrer ici, vous que je viens chercher dans ce pays ! »

« O notre très-cher maître ! s'écrièrent les deux frères dans un saint enthousiasme et en volant dans ses bras. — O digne père Antoine ! que nous sommes heureux de vous revoir ! » Ils n'avaient pu le reconnaître aussitôt dans le costume de son ordre, ne l'ayant vu autrefois qu'habillé en jardinier. — « O que notre père sera content de vous revoir aussi, s'écrièrent-ils, venez avec nous, nous allons vous conduire chez lui ! »

Chacun prit le vénérable prêtre par une main pour le conduire chez Luzius. Celui-ci fut de même ravi de revoir le saint homme. Tous deux s'embrassèrent en répandant des larmes de joie. Timothée et Philémon débarrassèrent leur cher maître de son chapeau, de son manteau, de son bâton et le conduisirent au sopha

Abdallah et Luzius s'embrassèrent tendrement

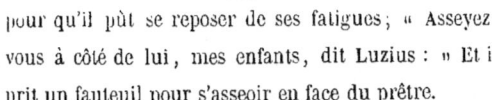

pour qu'il pût se reposer de ses fatigues; « Asseyez-
vous à côté de lui, mes enfants, dit Luzius : » Et il
prit un fauteuil pour s'asseoir en face du prêtre.

« Et que fait donc notre ami Abdallah? demanda
Luzius ; comment se porte sa chère épouse, la pieuse
Elmine? Réussiront-ils dans leur projet de venir se
fixer dans notre pays? »

« Je le pense, répondit Antoine. Je crois qu'ils se
portent bien, et j'espère qu'ils viendront bientôt ici.
Mais il y a plus de six semaines que je les ai quittés.
Voici comment cela eut lieu : Vous savez que j'appar-
tiens à l'ordre de Saint-François. J'eus donc à cœur de
visiter un de nos couvents pour m'y faire reconnaître et
annoncer à mes frères que j'étais encore du nombre des
vivants, et que je désirais reprendre l'habit de mon
ordre. Je priai donc notre ami Abdallah de me permettre de partir avant lui, ce qu'il m'accorda non sans
quelque peine. Je ne saurais vous dépeindre la joie que
mon retour au couvent produisit parmi mes confrères.
Ceux-ci n'avaient plus rien appris de moi depuis le
jour où je fus réduit en esclavage et ils me croyaient
mort. Ils écoutèrent avec la plus grande attention l'histoire de mes malheurs, et bénirent Dieu en apprenant

la conversion miraculeuse d'Abdallah et d'Elmine. Ce que je leur racontai de vous, mes chers enfants, et de votre père chéri ne les toucha pas moins; ils prirent la part la plus vive au sort qui vous avait frappés et remercièrent Dieu de vous avoir ramenés dans votre patrie. »

« Cependant, continua-t-il, de tous les pères que j'avais autrefois connus au couvent, deux seuls se rappelèrent de m'avoir vu, les autres y étaient entrés plus tard et avaient seulement entendu parler de moi. Les deux vénérables vieillards, le gardien et le sénior du couvent, eurent un plaisir infini à me revoir Pendant que je leur racontai mon histoire, je fus obligé de m'asseoir au milieu d'eux tout comme je suis maintenant assis au milieu de vous, mes chers enfants ! A la fin ils m'adressèrent quelques paroles mémorables que je vais aussi vous citer : Le père gardien me dit : « Vous rappelez-vous encore des paroles que je vous adressai lorsque je vous fis mes adieux ? — « Attachez-vous au Seigneur, et il accomplira les désirs de votre cœur. » — Ces paroles sont très-vraies ; car quiconque aime Dieu, ne lui demande rien d'injuste ni de vain. Vous montrâtes toujours un grand désir de convertir les infidèles. et ce désir a été accompli par la grâce du Seigneur. »

Le sénior du couvent me dit : — « Et moi je vous avais dit lorsque vous partiez : — « Recommandez toutes vos voies au Seigneur, et bien vous en arrivera. — « Cette sentence s'est aussi vérifiée en vous ; car, malgré tous les malheurs que vous avez subis, Dieu a cependant bien fait toutes choses et les a conduites à une fin heureuse. »

« Et maintenant, ajouta Antoine, il ne manque rien pour combler ma joie si ce n'est de voir ici notre ami Abdallah et sa pieuse épouse, qui, j'espère, ne manqueront pas d'arriver bientôt. »

Comme la nuit était déjà avancée et qu'Antoine était très fatigué, il prit un peu de nourriture et alla ensuite se coucher.

Le lendemain Antoine dit à Luzius et à ses deux fils :

— Peut-être aurez-vous encore aujourd'hui une grande joie si tout réussit et s'il ne se présente point d'obstacle : Abdallah et Elmine arriveront ce soir. J'étais indécis si je vous ferais part de cette nouvelle ou non, puisqu'il n'est pas sûr que vous goûterez ce plaisir. Cependant je préfère mettre de la franchise en toutes choses.

Luzius et ses fils se bercèrent donc du doux espoir de revoir encore ce soir leurs amis.

Dès que le dîner fut terminé et long-temps avant la nuit, les deux jeunes gens se dirent : « Nous allons aller au-devant de nos aimables hôtes. »

— Vous ferez très-bien, mes enfants, répondit le père ; partez ensemble, je vous suivrai plus tard. Je vais, en attendant, rester avec notre ami Antoine, il est trop fatigué pour pouvoir aller loin, et je ne puis cependant pas le laisser seul.

Les deux jeunes gens partirent aussitôt. Ils avaient déjà fait plus d'une lieue, regardant sans cesse s'ils ne découvriraient personne dans le lointain, mais ils ne rencontrèrent que des cultivateurs qui revenaient de la ville et qui ne pouvaient rien leur apprendre de voyageurs étrangers. Tout-à-coup Timothée s'écria :

— Voici venir une calèche à deux chevaux dans laquelle se trouve un monsieur et une dame : c'est peut-être Abdallah et son épouse.

— Oh ! non, répondit Philémon, d'après leur costume, ce sont des Hongrois d'une noblesse distinguée.

Cependant la voiture s'approchait de plus en plus, lorsque la dame s'écria tout-à-coup :

— Timothée, Philémon, ô mes chers enfants ! C'était Elmine.

Abdallah s'écria aussi : « Je vous salue, ô mes chers fils ! » Il fit aussitôt arrêter la voiture, et dit à Elmine : « Nous allons descendre et faire à pied le reste du chemin. »

Tous deux descendirent en effet de la voiture et embrassèrent les deux jeunes gens avec une effusion telle qu'auraient pu montrer des parents en revoyant leurs enfants après une longue séparation.

— Comment se porte votre père ? dit Abdallah.

— Antoine est-il arrivé en bonne santé chez vous ? demanda Elmine.

— Oui, oui, répondirent les jeunes gens, tous deux se portent à merveille, ils sont pleins de joie de vous revoir, et vous attendent avec une vive impatience.

Timothée demanda à Abdallah si le sultan avait consenti à son départ.

— Il a eu de la peine à s'y résoudre, cependant il l'a fait de la manière la plus gracieuse. Il m'a même permis de faire un voyage dans les pays chrétiens. Il m'a donné en outre, pour récompenser mes services, à ce qu'il disait, un sabre d'honneur.

Philémon dit à Elmine : « Comment vous êtes-vous procuré ce magnifique costume hongrois ? »

— N'as-tu donc point vu, répondit la dame, ce jeune tailleur chrétien qui a fait vos habits ainsi que ceux de votre père? Mon époux le racheta. Après qu'il eut passé plusieurs mois dans notre maison et que je fus convaincue de sa probité et de sa fidélité, je le chargeai de confectionner les habits à la hongroise pour Abdallah et pour moi. Cette commission le fit bondir joie.

— Je vois par là, dit-il, que vous allez bientôt professer publiquement la foi chrétienne, et cette espérance me cause un plaisir inexprimable.

— Bien, lui répondis-je, mais ceci doit encore rester un secret pour le moment.

— Cela se conçoit, dit-il ; c'est pourquoi je vais m'enfermer dans ma chambre pour y travailler sans être vu. Comme j'ai laissé tomber hier soir en servant à table un plat de la plus fine porcelaine, vous direz au monde, que vous m'avez infligé les arrêts pour me punir de cette faute.

C'est ainsi que parla ce jeune homme un peu léger. Je ne voulus point répéter ce mensonge, mais les gens de la maison crurent qu'en effet il avait été puni pour avoir brisé ce plat de porcelaine ; et moi je ne jugeai pas à propos de dissiper ce bruit.

Il réussit parfaitement dans son travail. Nous voulions l'ammener avec nous ; mais il préféra retourner chez ses parents. Nous consentîmes à son désir et lui donnâmes une somme d'argent pour faire sa route. Il en versa des larmes de joie et partit le lendemain même.

— Mais, dit Timothée à Abdallah, avez-vous donc fait cette longue route seul avec votre épouse ?

— Oh ! non, répondit Abdabah, le brave capitaine Omar, qui a aussi embrassé le Christianisme, m'accompagne.

— Mais, demande Philémon à Elmine, que fait donc Zérine, cette bonne femme de chambre qui a eu tant de peine avec nous pendant que nous étions encore en bas âge ?

— Elle est aussi avec moi, répondit Elmine, elle aussi est chrétienne.

Les jeunes gens s'informèrent ensuite de plusieurs autres esclaves chrétiens des deux sexes qui s'étaient autrefois distingués dans leur service par leur patience et leur dévouement, et qui s'étaient montrés si complaisants et si doux envers les deux frères.

— Quelques-uns d'entre eux, répondit Abdallah, nous accompagnent ici, voulant rester à notre service; d'autres, qui manifestèrent le désir de rentrer dans leurs familles, reçurent la liberté et l'argent nécessaire pour retourner dans leurs pays.

Elmine raconta ensuite que la jeune esclave turque Orma, qui lui avait toujours tant d'attachement, de fidélité et d'amour, s'était aussi convertie à la foi catholique et qu'elle avait reçu au baptême le nom de *Rhode*, de cette servante dont parle les apôtres, et qu'elle allait aussi arriver.

— Mais, demanda Timothée, où avez-vous laissé toutes ces personnes? Pourquoi ne vous accompagnent-elles pas?

— Nous les avons laissées dans la ville où nous passâmes la dernière nuit, répondit Elmine, leur enjoignant d'y rester jusqu'à ce qu'elles reçussent de nos nouvelles. Je craignais que l'arrivée de tant de monde ne causât de l'embarras à votre père.

— Certainement, ajouta Abdallah, l'arrivée de tant

de personnes aurait pu faire croire à une invasion de l'ennemi.

— N'ayez aucune crainte à cet égard, répondirent les jeunes gens, nous ne manquons point de place, nous aurions pu arranger tout convenablement, mais à présent cela se fera encore mieux.

Pendant cette conversation, Abdallah et Elmine, accompagnés des deux jeunes gens, arrivèrent au village. Luzius et Antoine étaient allés à leur rencontre jusqu'à un quart de lieu de là. Abdallah et Luzius s'embrassèrent tendrement. Elmine donna la main à Luzius. Abdallah et Elmine eurent tant de choses à dire à Luzius, qu'ils ne surent par où commencer ni comment en finir. Antoine marchait au milieu des deux jeunes gens. Ils lui racontèrent tout ce qu'ils avaient appris d'Abdallah et d'Elmine, chose qu'ils savaient déjà pour la plupart, n'ayant quitté la Turquie que quelques semaines auparavant.

Lorsqu'ils furent arrivés auprès de la maison de campagne, Luzius dit à Abdallah et à Elmine : « Que la paix de Dieu entre avec vous dans cette maison et y reste à jamais ! — Cette demeure est sans doute petite et ne peut être comparée au magni-

fique palais que vous avez abandonné pour Dieu et sa
sainte religion ; mais tout ce que je possède est à votre
disposition. Nous allons user ensemble avec amour
et reconnaissance des biens que nous tenons de sa
bonté. Je pense qu'ici nous vivrons heureux et contents
ensemble. «

— Certainement, répondit Antoine, le bonheur ne
consiste ni dans la possession de l'or , des tapis de soie ,
des palais et de tout le faste de l'opulence, c'est en Dieu,
dans la religion de ces augustes pratiques , dans la
vertu et la paix de l'âme qu'il faut le chercher. Le pauvre dans sa cabane est souvent plus content et plus
heureux que le riche dans le palais le plus brillant.

Ils entrèrent dans la maison , la table était préparée ,
Elmine en considère la disposition avec un certain plaisir et dit :

— Pourquoi ne vois-je que quatre couverts ? Timothée et Philémon ne mangeront-ils pas avec nous ?

Les deux frères répondirent : « Nous sommes heureux et nous regardons comme un bonheur de pouvoir,
pour la première fois qu'ils mangent chez nous , servir
à table celle qui a été notre seconde mère et son digne

époux, notre bienfaiteur, et nous ne permettrons à personne de nous ravir cet honneur. »

Les deux frères s'acquittèrent de ce devoir avec tant d'adresse, de politesse et d'amabilité que le pacha fut obligé de convenir qu'autrefois, dans toute sa splendeur, il n'avait jamais été si bien servi par ses esclaves tremblants.

— L'amour surpasse tout, dit Antoine ; ce qu'on ne fait que par crainte, par force ou par intérêt, ne signifie rien , il est souvent une source d'embarras pour les maîtres et les domestiques.

Vers la fin du repas , Elmine dit : « Je ne puis consentir plus long-temps à voir ces deux aimables frères faire le service de la table. Venez donc vous y placer aussi ! Vous y trouverez bon accueil et des mets en abondance. »

— Oui , dit Abdallah , mets-toi ici , Timothée, entre ton père et moi !

— Et toi , cher Philémon , dit Elmine, place-toi entre notre maître et moi !

Les deux frères s'y refusèrent d'abord et répondirent : « Nous sommes rassasiés du plaisir de vous servir , et nous n'avons point faim. » — Elmine ajouta : « Il est

très-beau de voir l'homme goûter des jouissances plus
nobles que celles que l'on trouve à boire et à manger ;
cependant les plaisirs de la table sont épurés par le sentiment de la reconnaissance envers Dieu et par la généreuse hospitalité qui les procure. »

Antoine prit ensuite la parole et dit aux deux frères :
« *Obéissez !* » et à l'instant ils prirent place à table.
Elmine servit Philémon, et Abdallah, Timothée. Des
vases élégants contenaient du vin : Abdallah et Elmine
n'avaient bu que de l'eau pendant tout le repas.

— Il faut maintenant, dit Luzius, en prenant
une bouteille cachetée, que vous goutiez au moins
ce vin-ci ; c'est du tokay, boisson délicieuse ; c'est
pourquoi nous ne le servons que dans de petits verres.
Buvez-en avec nous, ajouta-t-il en riant, sans cela je
vous prendrai encore pour des Turcs.

— Je vais donc en goûter, répondit Abdallah, c'est
bien pour la première fois de ma vie que je bois du vin ;
car, comme vous venez de le dire, le prophète Mahomet
a tout-à-fait interdit le vin aux Turcs.

Abdallah but donc et vida son verre d'un trait. Elmine mouilla à peine ses lèvres. Abdallah consentit sans
peine à ce que son verre fût rempli une seconde fois.

« Ce que, entre autres, je ne puis pardonner à ce faux prophète, dit-il, c'est d'avoir défendu aux Turcs d'user de cette précieuse liqueur. »

Antoine, qui se distinguait par la justesse de ses réflexions, dit : « Je ne saurais tout-à-fait condamner les vues de Mahomet en ceci. Il avait sans doute de très-bons motifs pour faire cette défense, qui pouvait être très-utile pour les Turcs, étant encore à cette époque un peuple barbare (passez-moi cette expression).

Oui, le vin, ainsi que toutes les liqueurs fortes, pris en trop grandes quantité, a déjà occasioné bien des malheurs. Plus d'un ivrogne a perdu par là sa fortune, sa santé, et même sa vie. L'ivresse a souvent été la cause première d'une foule d'actions détestables et même d'horribles assassinats. Sans doute on ne devrait pas avoir besoin de faire une défense expresse d'une chose pareille ; des hommes doués de raison, et connaissant le bien et le mal, ne devraient pas être empêchés par une défense de commettre des excès, et je ne saurais moi-même donner d'autres conseils à un buveur, qui ne sait pas se modérer, que celui de renoncer au vin et aux liqueurs fortes, et de ne jamais mettre les pieds dans une auberge.

— Bien, bien, répondit Luzius, cette défense ne vous regarde certainement pas.

Il voulut lui remplir encore une fois son verre, mais Antoine s'y refusa en disant :

— C'est assez. Quant à vous, mes amis, je ne vous empêcherai point de vider la bouteille, mais vous ferez bien, mon cher Luzius, de faire remettre à la cave la seconde et la troisième bouteille. Antoine fut cependant obligé d'en accepter encore un demi verre. Ils vidèrent donc la bouteille, et Abdallah, qui n'avait jamais bu de vin, devint très-gai, quoiqu'il n'en eût bu que fort peu.

« Maintenant, dit Antoine, permettez-moi aussi une parole sérieuse. — Je me suis occupé toute ma vie à réfléchir sur les voies admirables par lesquelles la Providence conduit les choses d'ici-bas ; et j'ai donc réfléchi sur l'histoire qui nous regarde tous. Permettez-moi de vous soumettre mes réflexions ; je commencerai par moi-même. »

« J'entrai fort jeune et encore occupé des études collégiales dans l'ordre que fonda saint François ; cet homme si admirable et si éclairé dans les voies de Dieu, ordre qui, comme j'en ai la conviction, a fait beaucoup de bien, et gagne encore bien des âmes à Jésus-Christ ; mais la vie du couvent m'ennuya bientôt, parce qu'on m'avait employé au jardin. Je voulais monter plus haut, brûlant du désir de défricher le jardin du Seigneur, le saint ministère. Je soupirais après le bonheur de convertir les païens. Enfin mes désirs s'accomplirent en quelque sorte. Je fus envoyé sur les frontières de la Hongrie, dans les contrées où il y avait pénurie de prêtre, pour y prêcher l'Évangile. Mais les Turcs m'enlevèrent et me réduisirent en esclavage ; ce que je regardai comme le plus grand bonheur de ma vie.

« Combien je fus heureux alors d'avoir appris à cultiver les jardins sous l'habile jardinier de notre monastère ! Comme on pouvait m'employer fort utilement, je fus bien mieux traité que les autres esclaves. Mais ce qui l'emporte encore sur tout le reste, c'est que mon habileté à soigner les jardins et à cultiver les fleurs, me fit faire la connaissance de deux fleurs bien plus belles, de deux jeunes arbustres, de deux jeunes frères auxquels je pus donner des soins. Oui, ce ne fut qu'en ma qualité de jardinier que je pus être introduit au palais du pacha et devenir, sans que l'on s'en doutât, l'ins-

trument de la conversion de cette excellente dame,
ainsi que plus tard de celle de son époux. Ah ! comment
aurais-je pu prévoir alors que maniant la pelle ou la
serpe (souvent avec impatience), je dusse un jour devoir à mon talent pour l'horticulture, le bonheur de
ramener à la religion de Jésus-Christ un puissant pacha, le dépositaire de l'autorité du sultan, le vaillant
chef d'armées victorieuses ! Que les voies de Dieu sont
admirables! Il s'est souvent, par les moindres choses,
opéré de grands résultats.

« Vous, mon cher Luzius, vous ressentîtes une
grande douleur en apprenant que vos enfants avaient
été enlevés. Votre cœur dut être vivement navré, lorsque vous fûtes vendu vous-même sur le marché aux
esclaves, et c'est cependant là que vous retrouvâtes vos
enfants. Les chaînes vous furent ôtées. Au palais du
pacha nous fîmes connaissance et nous serrâmes les
liens d'une tendre amitié. La généreuse bienfaitrice de
vos pauvres enfants devint aussi la bienfaitrice du père:
Nous y coulâmes ensemble des jours heureux. Il est vrai
que de grandes épreuves vinrent fondre sur vous. Vous
fûtes plongé dans un affreux cachot, conduit sur l'é-
chafaud où le glaive de la mort brilla sur votre tête.

Dieu vous arracha à la mort par l'entremise de vos enfants. Vos peines furent grandes, mais votre joie fut plus grande encore, et dure encore à présent. Dieu nous jette souvent dans l'abîme pour nous en retirer ensuite. Il sait toujours secourir en temps opportun et conduit toutes choses pour le bonheur de ceux qui l'aiment.

" Et vous, mes chers enfants, que vais-je vous dire? Dieu a fait en vous et par vous de grandes choses. A votre naissance vous reçûtes une ressemblance si parfaite, il vous donna une figure si agréable que vous attirâtes sur vous les regards de tout le monde et que vous gagnâtes l'amour de tous les hommes.

" Lorsque vous fûtes conduits dans la maison de ce marchand d'esclaves, le Seigneur m'y avait déjà envoyé auparavant, afin que dans ce beau jardin où vous me rencontrâtes je pusse devenir votre maître et vous apprendre à connaître de plus près Jésus-Christ et sa sainte loi. Et qui donc avait ainsi disposé les choses, pour qu'Elmine, qui aime tant les enfants, n'en eût pas elle-même, et qu'elle se trouvât à propos à sa fenêtre lorsque le marchand d'esclaves voulut vous vendre, et que voyant les larmes que vous versâtes, parce

qu'on voulait vous séparer, elle fut touchée de l'attachement que vous aviez l'un pour l'autre, et devint
par la suite la mère de deux pauvres enfants abandonnés? Tout cela n'arriva que par une disposition particulière de Dieu.

» Le Seigneur avait, au moment où votre père devait
être mis à mort, fait naître dans votre cœur le désir et
le courage de mourir avec lui. C'est lui qui mit sur votre langue les paroles que vous prononçâtes et qui, se-
condées par la grâce céleste, touchèrent le cœur du
puissant pacha, pour le faire revenir à d'autres sentiments, préparer sa propre conversion, et nous causer à
tous une joie inexprimable.

— » Oui, ajouta Antoine, en lançant au ciel un regard
enflammé, en joignant ses mains dans une profonde
émotion, vous, ô Dieu tout-puissant et miséricordieux, vous qui avez créé le ciel et la terre, qui avez
compté les cheveux de notre tête, qui gouvernez ce
monde, qui dirigez toutes choses, vous, sans la volonté
duquel il ne tombe pas un oiseau du haut d'un toit,
vous avez permis que tout cela arrivât ainsi, que ces
deux enfants fussent enlevés de la maison paternelle et
conduits en pays étranger. Ce n'est point par la perfidie

d'un scélérat, mais par vos décrets impénétrables qu'ils
y furent menés ; lui-même devait, sans le savoir et le
vouloir, contribuer à ce que votre volonté fût exécutée.
Ce fut dans des vues sages et paternelles , que vous sé-
parâtes le père d'avec les enfants pour nous réunir tous
ici par la foi en vous et en celui que vous envoyâtes
pour le salut du monde , Jésus-Christ. Grâces éternelles
vous en soient rendues , ô mon Dieu ! Faites que nous
tous réunis dans une même foi et un même amour, nous
formions ensemble un cœur et une âme ! Faites que nous
chantions un jour éternellement vos louanges au ciel !
Grâces, amour, gloire et louanges à vous , Seigneur ,
à tout jamais ! »

Tous avaient joint les mains , et chaque parole re-
tentit dans leur cœur. Vivement émus et les larmes aux
yeux , ils ajoutèrent : *Ainsi soit-il.*

L'émotion qu'ils éprouvaient ne lui permit point d'en
dire davantage ni d'exprimer ce que leurs cœurs ressen-
taient alors. Ils se séparèrent en silence pour aller
prendre leur repos.

Le lendemain, ils se levèrent tous de grand matin ; le
bonheur d'être réunis ne leur permit point de rester
couchés plus long-temps. Ils s'assemblèrent au salon

qu'éclairait déjà le soleil levant ; une journée magnifique se préparait. Ils offrirent à Dieu dans une fervente prière les prémices de leurs pensées et de leurs actions. Ils sortirent ensuite pour aller respirer l'air pur et embaumé par l'odeur de mille fleurs diverses. Abdallah se promena en silence pour examiner toute la contrée.

— Pourquoi, lui dit Elmine, explores-tu ainsi la contrée? Cette vieille maison, située en face du jardin, a-t-elle tant d'intérêt pour toi !

— Ce n'est pas la maison que je considère, répondit Abdallah, mais bien l'emplacement , qui me convient beaucoup.

Il appela ensuite Luzius , qui montrait ses fleurs à Antoine, et que ce dernier examinait en connaisseur, et lui dit :

— J'ai envie d'acheter cette maison et je la paierai à ce cultivateur qui l'habite, un prix qui le mettra à même d'en faire construire une autre plus vaste et plus commode. Je ferai démolir cette vieille barraque, et j'en ferai bâtir une située en face de la vôtre ; de cette manière nous serons voisins, et séparés seulement par cette pelouse verte, sur laquelle brillent de si belles

fleurs et qui est couverte de si beaux arbres. Je pense
que nous serons de bons voisins. Ma maison sera en
tout semblable à la vôtre. Ces deux habitations devront
se ressembler comme vos fils se ressemblent. A ma mort,
ma maison appartiendra à vos fils et à leurs familles,
alors il leur sera facile de procéder au partage, et ils
resteront aussi bons voisins.

Ce qu'Abdallah venait de proposer fut exécuté plus
tard.

Avant le dîner, toute la société alla faire une visite
au curé du village. On le trouva dans son petit jardin,
occupé à lire. Ce digne vieillard salua fort respectueuse-
ment Abdallah et Elmine. Il lia sur-le-champ connaissance avec Antoine et lui présenta affectueusement la
main. Après un court entretien, Luzius dit :

— Je pense que ces peux messieurs ont à dire des
choses que nous ne devons pas entendre, nous autres
laïques. Nous allons donc les laisser ensemble, mais je
prie M. le curé de vouloir bien dîner aujourd'hui avec
nous.

Ils partirent donc. Antoine resta et dit au curé :

— Luzius a parfaitement raison. J'ai deux prières à
vous adresser. Luzius aura aujourd'hui beaucoup de

monde qu'il pourra loger à peine. Je crois qu'il sera plus convenable pour moi de fixer mon séjour dans une maison ecclésiastique. Je vous prierai donc de me donner un petit appartement dans lequel je puis être seul.

Mon autre demande est celle-ci : — Ce turc et son épouse, ainsi que toute sa suite qui va arriver, ont embrassé la religion catholique. Ils iront demain voir l'église, et je crois qu'il serait convenable d'y célébrer une petite fête en actions de grâce.

— Nous en célèbrerons une grande, s'écria le curé ; le temps peut-être ne nous permettra pas de faire de grands préparatifs ; cependant je vais m'entendre avec mon sacristain pour que tout soit disposé convenablement. La chose la plus importante c'est de faire chanter une Messe solennelle, et je vous prie de vouloir bien la chanter.

Antoine le promit et prit congé du curé. Celui-ci se rendit aussitôt chez le sacristain pour se concerter avec lui sur les dispositions à prendre pour donner à cette fête toute la solennité possible.

Sur le soir Luzius goûta un nouveau plaisir. Les gens d'Abdallah et d'Elmine arrivèrent. Ils étaient tous chrétiens. Le capitaine Omar et deux domestiques étaient à cheval et portaient encore le costume turc. Zérine, Orma et deux autres servantes, habillées à la hongroise, se trouvaient dans la voiture d'Abdallah que suivaient les bagages.

Le lendemain, ils se rendirent tous à l'église, toute la commune était depuis long-temps réunie devant le temple ; car le bruit s'était répandu qu'il était arrivé d'illustres voyageurs.

« Un pacha, disait-on, son épouse et leur suite, qui de turcs sont devenus chrétiens, c'est un grand miracle. »

Le curé, revêtu de ses plus beaux ornements sacerdotaux, présenta à Abdallah et à son épouse l'eau bénite à leur entrée dans l'église.

— Ceci, dit Antoine qui se trouvait à côté du pacha, doit vous rappeler votre baptême et les vœux que vous fîtes alors. Toutes les fois que nous entrons dans une église, nous devons renouveler le pieux désir d'observer tout ce que nous avons promis au baptême.

On avait placé dans l'église des arbres verdoyants ;

l'autel était orné de fleurs dont les agréables nuan-
ces ajoutaient à l'éclat de la solennité. Un Christ
en argent et six candélabres avec leurs flambeaux
allumés décorait l'autel, derrière lequel brillait
un superbe tableau. Le sanctuaire renfermait encore quelques autres beaux tableaux dont les sujets
étaient tirés de l'histoire sainte. Luzius avait fait
reconstruire cette église, et son épouse s'était chargée
de l'orner.

Elmine était stupéfaite et considérait avec curiosité
cette église. Elle n'avait jamais vu d'église chrétienne si
ce n'est le petit oratoire que son époux avait fait ériger
dans son palais.

— Toutes les autres églises chrétiennes ressemblent à
celles-ci, lui dit Luzius ; celles qu'on appelle cathédra-
les, ainsi que les temples des grandes villes, se distin-
guent par plus d'étendue et par un aspect plus imposant ; mais, au fond, les édifices se ressemblent.

Car à cette époque toutes les églises de la Hongrie et
de l'Allemagne appartenaient encore à la religion catholique.

Le curé conduisit Abdallah, Elmine et Luzius à un
prie-Dieu couvert d'un drap rouge et placé devant l'au-

tel. Antoine s'était retiré à la sacristie. Il en sortit bientôt après portant une magnifique chasuble couverte d'or et de pierreries. Timothée et Philémon le précédaient ; ils s'étaient fait un devoir et un honneur de lui servir la messe. Bientôt après l'encens pétilla dans l'encensoir et s'éleva majestueusement à la voûte du temple.

— C'est ainsi, dit Luzius, que notre prière doit monter au ciel.

Au moment ou le prêtre commença le saint sacrifice de la Messe, le chœur fit entendre un cantique ravissant. Le peuple pria ensuite à voix basse, le chant recommença encore et alterna avec la prière. Elmine, Abdallah et tous les assistants élevaient leurs cœurs au ciel et adoraient Dieu avec une ferveur angélique. Lorsque le saint sacrifice fut achevé, le prêtre, à genoux sur la dernière marche, entonna solennellement le *Te Deum*, que tout le peuple continua avec une précision et un ordre admirable.

En sortant de l'église, Abdallah, ravi de ce qu'il venait de voir et d'entendre, dit à ceux qui l'entouraient :

— Toute notre vie doit être à l'avenir un cantique d'actions de grâces, et toujours nous devons dire : « *Seigneur, nous vous louons !* »

LA PRISONNIÈRE.

C'était pendant la tourmente de la révolution fran-
çaise : le trône et l'autel venaient d'être renversés ; l'an-
tique monarchie de quatorze siècles s'était écroulée
sous les coups redoublés des anarchistes ; la religion de
Clovis, à laquelle la France devait une partie de sa gloire,
avait été proscrite par des hommes audacieux et impies,
qui, au lieu de régénérer leur pays, ainsi qu'ils l'avaient
annoncé dans leurs sophismes pompeux, l'inondèrent de
sang et versèrent sur lui un déluge de maux. La noblesse
du sang, les richesses, l'éducation, l'innocence, les
bienfaits même que la charité répandait autour d'elle,
étaient devenus des crimes qui conduisaient à l'échafaud.
La hache du bourreau était toujours suspendue sur la tête
des citoyens les plus paisibles et les plus vertueux ; l'en-

vie de cette haine furibonde née d'un fanatisme politique
capable de tout étaient les tristes auxiliaires de ces pas-
sions flagrantes qui avaient engendré des malheurs innombrables. Les hommes qui s'étaient emparés des
rênes du pouvoir, frappés d'aveuglement, promenaient
partout le terrible niveau de *l'égalité* ; tout ce qui leur
faisait ombrage était impitoyablement voué à la mort :
rien ne trouvait grâce devant leur infâme tribunal.
Déjà des milliers de victimes avaient succombé, et la
rage des persécuteurs ne faisait qu'augmenter.

Dans une des contrées les plus fertiles de l'est de la
France vivait alors une famille noble dont le patrimoine
semblait être affecté au soulagement des pauvres. Le
château du comte de Lucelle ne se distinguait ni par sa
vaste étendue, ni par l'élégance et la somptuosité de son
ameublement, ni par les fêtes qui s'y donnaient fréquemment, mais il était le séjour de la piété, de la vertu,
de cette aimable paix qui rehausse tant le bonheur des
familles chrétiennes, et surtout de la charité. Les malheureux en connaissaient le chemin et y trouvaient toujours du soulagement dans leurs peines.

Ce château était situé dans une vallée romantique assez éloignée du tumulte des grandes villes pour ne pas attirer les regards soupçonneux des dépositaires de l'autorité, et cependant la foudre destructive devait éclater sur lui et en trouber la douce sérénité.

Depuis long-temps le comte de Lucelle avait évité de se montrer en public et même de s'entretenir des affaires du moment avec les personnes qui venaient le visiter dans sa retraite. Il avait espéré par-là échapper à la poursuite des gens du pouvoir. Quelques amis le tenaient, à la vérité, au courant des mouvements politiques et lui communiquaient les nouvelles qui pouvaient l'intéresser. Quelquefois il en faisait part à son épouse, la pieuse comtesse Eléonore, mais plus souvent encore il les lui cachait pour ne point l'attrister. Les deux époux avaient une fille unique qui devait être un jour l'héritière de leurs biens, comme elle l'était déjà de leurs vertus. La jeune Mathilde, qui venait d'atteindre sa quinzième année, promettait en effet de marcher sur les traces de ses parents.

Elle était douée de ces grâces extérieures qui devaient la faire briller dans le monde; mais, hélas! la pauvre enfant ne prévoyait pas que la route qu'elle allait par

courir au printemps de sa vie serait celles des épreuves :
naïve et confiante, elle croyait cueillir des roses sur son
passage, sans s'apercevoir que les ronces et les épines
croissaient en foule sous ses pas. Lorsque quelquefois sa
mère paraissait plongée dans la tristesse, Mathilde
cherchait à la distraire en lui disant que les bruits que
l'on répandait n'étaient, selon toute apparence, que des
rumeurs populaires qu'il fallait mépriser. Elle qui était
si bonne, si douce, ne pouvait croire à tant de méchanceté ; il lui semblait qu'on avait tort d'accuser les hommes de tant de perversité, parce qu'elle jugeait selon
son propre cœur ; mais elle ne tarda pas à se détromper:
ses yeux allaient s'ouvrir à la lumière.

C'était un dimanche soir après souper. Le comte, son
épouse, Mathilde et les gens de la maison étaient réunis
pour entendre la lecture spirituelle que l'on faisait chaque soir après la cessation des travaux. Le comte ne
croyait pas déroger à sa dignité en assistant avec ses
domestiques à cette pieuse lecture, où se retrempait
son âme, où se nourrissait sa foi, où s'animait son
courage. La jeune Mathilde venait de prendre le livre des
saints Évangiles, et d'une voix claire elle lut :

« Jésus, voyant tout ce peuple, monta sur une montagne, où, s'étant assis, ses disciples s'approchèrent de lui, et, ouvrant la bouche, il les enseignait en disant :

« Bienheureux les pauvres d'esprit, parce que le royaume des cieux est à eux !

« Bienheureux ceux qui sont doux, parce qu'ils posséderont la terre !

« Bienheureux ceux qui pleurent, parce qu'ils seront cosolés !

« Bienheureux ceux qui sont affamés et altérés de la justice, parce qu'ils seront rassasiés !

« Bienheureux ceux qui sont miséricordieux, parce qu'ils obtiendront eux-mêmes miséricorde !

« Bienheureux ceux qui ont le cœur pur, parce qu'ils verront Dieu !

« Bienheureux les pacifiques, parce qu'ils seront appelés enfants de Dieu !

« Bienheureux ceux qui souffrent persécution pour la justice, parce que le royaume des cieux est à eux !

« Vous serez heureux lorsque les hommes vous chargeront de malédictions , et qu'ils vous persécuteront, et qu'ils diront faussement toute sorte de mal contre vous , à cause de·moi.

« Réjouissez-vous alors , et tressaillez de joie , parce qu'une grande récompense vous est réservée dans les cieux. Car c'est ainsi qu'ils ont persécuté les prophètes qui ont été avant vous. »

La lecture allait continuer , lorsqu'on entendit frapper à la porte. Le comte se leva, et , suivi de deux domestiques, il alla ouvrir. Le portier du château lui remit une lettre qu'un homme à cheval venait d'apporter. Le comte pâlit, décacheta et lut un billet écrit au crayon , dont voici la teneur :

« Mon cher ami ,

« Je viens d'apprendre de bonne source que notre tribunal révolutionnaire du département a lancé ce matin un mandat d'arrêt contre vous, et qu'on doit aller vous enlever cette nuit même de votre château. Vous n'avez

donc pas un moment à perdre. Le seul moyen de vous
soustraire à la fureur de vos ennemis, c'est de prendre
la fuite sur-le-champ. Je n'ose pas vous dire de venir
chez nous ; car nous sommes tous menacés du même
sort. Ne perdez pas courage, mon ami, le bras du
Seigneur n'est pas raccourci : que le Dieu protecteur de
l'innocence nous accompagne. Adieu, adieu, cher ami.
Je ne signe point ce billet : vous connaissez l'écriture de
votre tout dévoué.

« Dimanche, à deux heures du soir. »

Le comte fut comme frappé de la foudre en parcourant
ce billet fatal. Son épouse, tremblante, éperdue, était
à ses côtés ; Mathilde tenait la bougie et lisait dans les
traits de son père la nouvelle désastreuse. Le comte,
avant de se décider, voulut voir l'homme qui avait apporté le billet. Celui-ci attendait dans la loge du portier
et vint aussitôt qu'on l'eut appelé.

— Ah! c'est vous, brave Maurice, lui dit le comte en
lui serrant la main ; vous avez fait votre chemin bien
lestement.

— Oui, monsieur le comte, répondit Maurice, et je n'ai fait qu'obéir aux ordres de mon maître, qui m'a enjoint de faire mon possible pour arriver chez vous avant dix heures, afin de vous prévenir à temps. J'ai fait ces neuf lieues en quatre heures, et je suis bien aise de vous avoir rencontré.

Le comte lui glissa une pièce de cinq francs et dit à son valet de chambre de lui donner quelque chose à manger; mais Maurice ne voulut rien accepter, annonçant qu'il avait des vivres sur lui, et que son maître lui avait ordonné de s'en retourner sur-le-champ, afin de ne point éveiller, par sa présence, des soupçons au sujet de la fuite du comte.

Celui-ci n'eut rien à objecter, remercia de nouveau le brave Maurice, le chargea de témoigner aussi sa reconnaissance à son maître du service qu'il venait de lui rendre, et rentra dans ses appartements.

— Oh! les malheureux! s'écria-t-il en poussant un profond soupir. Ils sont donc parvenus à me rendre suspect, malgré toutes les précautions que j'ai prises pour leur échapper! Hommes sanguinaires! où s'arrêtera votre rage? Mais, non, n'accusons pas ces ti-

gres : ils sont plus à plaindre que nous. Maintenant,
ma chère Eléonore, et toi, ma bonne Mathilde, soyez
raisonnables et soumettez vous à la volonté du Seigneur. Il est bien cruel pour nous d'être obligés de
nous séparer ; mais il n'y a pas un instant à perdre :
il faut partir. Oui, j'espère que Dieu nous réunira
un jour ; si cependant il exigeait de nous un sacrifice
encore plus grand, soyons prêts à tout, et souvenons-
nous que nous sommes chrétiens, disciples d'un Dieu
mort sur la croix pour nos péchés : pardonnons à nos
ennemis.

En prononçant ces dernières paroles, il éleva au
ciel un regard brûlant d'amour, entra dans son
cabinet pour y prendre de l'argent et se prépara à
partir.

Cependant ce dénouement si brusque, cette fuite
subite, cette nouvelle foudroyante, avaient fait une
telle impression sur la comtesse qu'elle ne trouva
point de paroles pour répondre à son époux. Elle
croyait rêver, tant elle avait de peine à se faire à tout
ce qu'elle voyait et entendait. Son corps était dans
une horrible agitation, tout son être était bouleversé.

Ses idées erraient, vagues et confuses, sur mille choses
diverses ; ses regards se portaient tantôt sur sa fille,
tantôt sur la chambre où était son époux : on eût dit
qu'elle était dans le délire de la fièvre, lorsque le
comte vint l'arracher à la stupeur dont son esprit était
frappé.

— Chère Eléonore, lui dit-il en la pressant contre
son cœur, pardonne-moi les torts que j'ai pu avoir à me
reprocher envers toi durant le cours de notre union, et
sois sûre qu'il ne reste rien dans mon âme contre toi.
Veille sur cette enfant comme elle-même n'oubliera jamais, je l'espère, ce qu'elle te doit. Adieu, chère amie !
ayons confiance en Dieu : il est notre père, il ne nous
abandonnera pas. » Puis se tournant vers le Christ sus-
pendu à la muraille : — C'est à vous, mon divin Sauveur, dit-il en sanglotant, que je confie ce que j'ai de
plus cher au monde ! Protégez une épouse infortunée,
protégez une fille que son âge va exposer à bien des
dangers.

Il voulut s'arracher des bras d'Eléonore : — Non,
s'écria-t-elle avec l'accent du désespoir, tu ne partiras
pas seul ; je te suivrai partout, à la mort, s'il le faut :

je suis ta femme , je t'ai promis obéissance et fidélité ,
je ne te quitterai pas.

— Calme-toi, ma chère, répondit le comte en cachant
son émotion ; ce serait une folie que de vouloir m'accompagner. Tu resteras ici, je me rendrai cette nuit dans la
forêt voisine , j'emmènerai Valentin avec moi, et je te
donnerai fréquemment de mes nouvelles.

A ces mots, le comte se fit violence pour se débarras-
ser de son épouse et de sa fille, qui s'étaient fortement
attaché à lui. Il ouvrit la porte de la salle , appela tous
les gens de la maison qui étaient encore réunis dans
l'antichambre , leur recommanda Éléonore et Mathilde ,
et dit à Valentin de l'accompagner dans l'excursion qu'il
allait faire à la forêt.

Ces braves gens, fondant en larmes , promirent au
comte de bien défendre sa maison , ainsi que les deux
dames. Ils auraient voulu suivre tous leur noble maître
pour lui donner des preuves de fidélité. Le comte jeta
un dernier regard d'attendrissement sur cette maison où
il avait coulé autrefois des jours paisibles , embrassa
tout le monde et se déroba par une porte secrète qui
conduisait au parc, laissant les siens dans la consternation.

Eléonore était inconsolable et remplissait les appartements de ses cris lamentables, Mathilde exhalait de
même la vivacité de sa douleur par des gémissements
et des plaintes contre l'injustice des hommes qui persé-
cutaient son pauvre père. Les gens de la maison es-
sayaient en vain de consoler leur maîtresse; Éléonore
ne voulut rien entendre et accusait tantôt les scélérats
dont la méchanceté triomphait alors, tantôt le ciel, qui
paraissait l'avoir abandonnée. Elle ne savait pas que
cette disgrâce n'était que le prélude de maux bien plus
grands qu'elle allait essuyer, et que le Seigneur voulait
faire passer au creuset des épreuves pour faire éclater
davantage sa vertu.

Tout le monde continuait à être en alarme au château
de Lucelle, et personne ne songeait à prendre le repos
si nécessaire après une telle agitation. Dix heures venaient de sonner à l'horloge, et l'on attendait, avec une
vive anxiété, l'issue de la visite annoncée par le billet,
lorsque le portier vint, tout haletant, frapper de nouveau à la porte. Un domestique prévint la comtesse avant
d'ouvrir. Cette dame essuya ses larmes, prit un air
calme et imposant, et fit entrer le concierge. Celui-ci la
salua et lui dit :

— Noble dame! ne vous effrayez pas et montrez du courage. Il s'est présenté à la porte une bande de vauriens qui demandaient à entrer pour parler à M. le comte. Ils sont tout au plus huit, et ne doivent, par conséquent, pas nous inspirer beaucoup de frayeur. Nous aurons beau jeu : nous sommes vingt contre eux, nous avons des armes, et nous les mettrons facilement à la raison.

— Que dites-vous là, mon ami? s'écria la comtesse en l'interrompant. Je n'entends pas qu'on fasse la moindre résistance, et qu'il soit répandue une goutte de sang à cause de moi. Faites entrer ces gens, et ne vous permettez rien qui puisse les offenser. J'espère que vous ne transgresserez pas mes ordres : Dieu nous protégera.

Le portier secoua la tête en signe de mécontentement et s'éloigna, les autres domestiques se rangèrent autour de leur maîtresse. Tout-à-coup l'on vit entrer la bande, qui s'était grossie pendant que le portier avait fait sa commission; car, au lieu de huit individus, elle était composée d'une vingtaine de personnes. Deux commissaires du district marchaient à la tête de dix gendarmes armés jusqu'aux dents; ces derniers étaient suivis d'une horde de satellites qui s'étaient, selon toutes les appa-

rences , joints à eux dans l'espérance de faire du butin.
Les commissaires, d'un air farouche et sans se découvrir,
se présentèrent devant la comtesse, qui, de son côté, les
salua d'une légère inclination de tête.

— Nous sommes chargés , dit l'un d'eux , de procéder
à l'arrestation de ton mari , ci-devant comte de Lucelle.
Voici notre mandat. » Et il se mit à lire d'une voix rau-
que la pièce dont il était nanti pour arrêter le seigneur
de Lucelle. Puis il reprit :

— Je te requiers , au nom de la loi , de me dire où est
ton mari.

— Le comte ? répondit la dame.

— Il n'y a plus de comtes en France, cria l'autre d'une
voix de tonnerre, mais des citoyens libres et égaux. La
république a mis au néant ces parchemins et ces titres
surannés. C'était bon cela au temps où nous étions encore esclaves ; mais , vois-tu , citoyenne, ces temps-là
sont passés. Où est ton mari ?

— Mon mari est absent , répondit Eléonore d'un ton
ferme ; je ne sache d'ailleurs pas quel crime on peut lui
reprocher pour motiver son arrestation.

— Ecoute , citoyenne, nous ne sommes pas ici pour le

rendre compte des motifs qui ont provoqué la mesure
que le comité de salut public a prise à l'égard de ton
mari, cela ne nous regarde pas. Je te demande pour la
troisième fois où est ton mari. Nous savons bien que ce
château est un repaire de brigands qui conspirent contre
la république. Souvent on y cache des prêtres.

— Vous êtes dans l'erreur, messieurs, répondit la
comtesse.

— Il n'y a plus de messieurs ici, mais des citoyens,
s'écria le commissaire en colère. Ces aristocrates ne veu-
lent point s'habituer au langage républicain! mais, patience! on leur déliera la langue; nous avons un excel-
lent instrument pour cela.

— Je puis attester sur mon honneur, reprit la comtesse avec une noble assurance, que nous n'avons jamais
caché de prêtres ; car il y a bien long-temps que nous
n'avons plus entendu de messe. On vous a trompés, et
c'est sans doute pour nous perdre qu'on a inventé cette
calomnie contre nous.

— Il paraît que tu t'entends bien à déguiser la vérité.
Dis-moi, y a-t-il long-temps que ton mari est absent ?

— Je ne puis répondre à cette question.

— Ah! nous y sommes! On ne veut nous dire ni où il est ni quand il est parti; nous allons donc nous mettre à la besogne pour découvrir ce scélérat. Gendarmes! faites votre devoir.

— Mon mari n'est pas un scélérat, s'écria la comtesse avec feu, et il n'eût tenu qu'à lui de se soustraire depuis long-temps par la fuite aux traitements dont on l'a menacé; mais il n'avait aucun reproche à se faire, et il a bravé l'orage.

— Sont-ils fiers ces aristocrates! cria un des satellites en brandissant son sabre.

Aussitôt les commissaires donnèrent des ordres pour faire une perquisition par toute la maison.

Deux gendarmes furent placés à la porte de l'appartement où se trouvait la comtesse avec sa fille pour les empêcher de sortir; les autres accompagnèrent les commissaires. La maison fut bouleversée en tous sens depuis le grenier jusqu'à la cave, et il n'y eut pas de coin, quelque obscur qu'il parût, qui ne fût fouillé, et cependant on ne trouva point celui qu'on cherchait. Furieux d'avoir manqué leur coup, les commissaires se répandirent en invectives contre la noble dame, la menacèrent de la mort si elle ne découvrait la retraite de son mari. Les propos les plus obscènes, les plaisanteries les plus dégoûtantes, les blasphêmes les plus horribles, assaisonnaient la conversation de ces gens, que l'on aurait pris pour des échappés du bagne plutôt que pour des agens du pouvoir.

Eléonore n'opposa à ce dévergondage que le silence du mépris. Une seule chose la peinait vivement : ce fut de voir sa fille obligée d'entendre ce langage capable de blesser son âme virginale. Elle aurait désiré la renvoyer dans un autre appartement ; mais on aurait vu dans cette absence une conspiration contre les commissaires, quoique l'âge de la demoiselle eût dû les rassurer complètement.

Deux heures s'étaient écoulées depuis l'arrivée de la bande sanguinaire au château de Lucelle, et les deux commissaires n'avaient pas atteint le but de leur excursion. Ne voulant point s'en retourner sans avoir au moins signalé leur présence par quelque exploit, ils se retirèrent dans une pièce voisine pour délibérer sur ce qu'ils avaient à faire. Il fut décidé que l'un d'entre eux se rendrait en ville pour rendre compte au comité du peu de succès de leur démarche, tandis que l'autre resterait au château

pour surveiller la comtesse. Ils auraient bien voulu emmener sur-le-champ cette dernière avec eux, mais,
comme ils n'avaient point d'ordre à cet égard, ils n'o-
sèrent exécuter cette mesure, de crainte d'outre-passer
leurs pouvoirs.

Après cette décision, ils rentrèrent au salon et demandèrent à souper. La comtesse leur fit servir tout ce qui
se trouvait sous la main ; le vin surtout ne fut pas épar-
gné. Bientôt les têtes, travaillées par la fumée de la
boisson, se montrèrent. Alors se passa une scène que ma
plume ne saurait consigner ici.

Ce fut à qui débiterait les anecdotes les plus scanda-
leuses les propos les plus orduriers ; de longs éclats de
rire accompagnaient ces saillies d'une imagination en
délire, et ces gens, qui s'annonçaient comme des régé-
nérateurs de leur patrie, trahissaient, malgré eux,
toute la dépravation de leurs cœurs.

La noble dame souffrit un véritable martyre en entendant ce langage, qui aurait dû faire rougir toute âme
honnête. Elle se crut transportée dans un autre monde et
assistant à une assemblée de démons, tellement elle fut
révoltée de la conduite de ces hommes pervers. Et cependant elle fut obligée de se faire violence et de conte-

mir son indignation : le moindre signe d'improbation eût pu lui coûter cher ; car, dans l'état d'ivresse où étaient plongés ces gens, ils auraient été capables de tout. Elle crut donc qu'il serait plus prudent de se taire, protestant du fond du cœur contre ces abominations, et invoquant en secret le Dieu protecteur de l'innocence qui n'abandonne jamais les siens, qui les conduit au bord de l'abîme pour les délivrer ensuite.

Après s'être gorgés de vin et de viande, quelques-uns des satellites des commissaires se mirent à dormir, les autres continuèrent leur tapage jusqu'à ce que le jour vint les éclairer. Alors un des commissaires monta en voiture avec deux gendarmes pour se rendre en ville. Ce départ plongea la comtesse dans une nouvelle affliction : elle avait cru qu'après avoir fait la visite domiciliaire, ces gens se retireraient tous ensemble au point du jour, mais elle reconnut son erreur et devina le motif qui avait fait rester les autres. Dès ce moment elle perdit l'espoir de s'évader du château pour rejoindre son époux. L'avenir se déroula plus menaçant que jamais devant elle ; mais elle se soumit avec une nouvelle résignation au sort qui l'attendait, et fit même à Dieu le sacrifice de sa vie, prévoyant bien que la colère du comité allait se

tourner contre elle, puisque le comte avait trouvé le
moyen d'échapper à la poursuite de ses ennemis.

La journée se passa dans une anxiété mortelle. Éléonore ne put faire un pas, ni prononcer une parole sans
être surveillée. Ses geôliers continuèrent le train de vie
qu'ils avaient commencé, et passèrent le temps à boire,
à manger, à fumer, à chanter et à s'amuser aux dépens
de la noble dame. Ce fut en vain que cette dernière
chercha à se recueillir de temps en temps pour réciter
quelques prières : le tumulte était si grand qu'il lui fut
impossible de fixer son esprit. Elle avait l'habitude de
dire chaque jour le petit office de la sainte Vierge, mais
elle se vit obligée d'y renoncer ce jour-là.

Vers le soir elle était assise à une fenêtre avec Mathilde, laissant errer ses pensées au gré de son imagination bouleversée, lorsqu'elle vit Valentin entrer dans
la loge du portier. Le retour de ce jeune homme, qui
avait accompagné son époux dans sa fuite, la combla de
joie. Elle se serait sur-le-champ rendue dans la cour pour
avoir des nouvelles du comte, mais elle craignit de se
compromettre et de causer aussi la perte de Valentin en
témoignant le plaisir qu'elle avait de le revoir. Elle resta

donc à sa place sans faire le moindre mouvement qui pût la trahir.

Le portier instruisit Valentin de tout ce qui s'était passé au château depuis son départ, et lui enjoignit de ne pas se montrer, de crainte d'éveiller les soupçons du commissaire et des gens de sa suite. Valentin comprit la gravité du moment et resta à la loge du portier. Une demi-heure après, la femme de chambre de la comtesse vint la trouver et lui dit :

— Vous devez avoir besoin d'un mouchoir blanc, madame, en voici un : rendez-moi celui qui est sale.

Et elle lui donna en même temps un mouchoir.

Éléonore la remercia, prit le mouchoir et lui remit le sien. Dans cet objet était renfermé un billet du comte. Valentin l'avait apporté, et on avait eu recours à ce stratagème pour le faire passer à Éléonore ; mais il était difficile de l'ouvrir et de le lire, parce que deux gendarmes ne perdaient pas de vue la noble dame.

Enfin elle trompa la vigilance de ses gardes, et lut le billet. Son époux lui apprit qu'il était fort heureusement arrivé dans une vallée isolée, où il s'était retiré dans une caverne de la forêt ; que Valentin y avait apporté du pain pour deux à trois jours ; qu'il l'y atten-

dait avec Mathilde, pour de là se diriger dans l'intérieur
du pays ; qu'elle ne devait pas perdre un instant, mais
le rejondre au plus tôt en emportant avec elle tout
l'argent qui se trouvait au château : Valentin devait l'y
conduire avec leur fille.

La comtesse était heureuse d'apprendre que son époux
était en lieu de sûreté; mais elle ne vit pas comment
il lui serait possible de le rejoindre, ne pouvant ni
parler ni sortir de son appartement pour se concerter
avec ses gens sur les moyens de prendre la fuite. Elle
n'avait presque rien mangé depuis le départ du comte :
la douleur l'avait empêchée de prendre de la nourriture. Résolue de tout hasarder pour rejoindre son
époux, elle demanda à manger, espérant trouver
l'occasion de donner ses ordres pour échapper du château. Elle y réussit mieux qu'elle ne l'avait espéré.
Pendant le petit repas, elle trouva moyen de glisser
quelques mots sur son projet; les domestiques la com-
prirent, et les gendarmes, qui s'étaient un peu relâchés
de leur consigne, croyant n'avoir rien à craindre, furent trompés.

Il fut convenu que la comtesse et Mathilde se jette-
raient dans leur chambre, sur leurs lits sans se dés-

habiller, et qu'elles profiteraient du moment où les geôliers seraient en train de boire et de jaser pour s'échapper par une fenêtre, traverser le jardin, sortir par la
porte secrète et se diriger vers la caverne où le comte
les attendait.

Déjà la nuit avait répandu ses sombres voiles sur
le château de Lucelle. Des bougies furent allumées,
des viandes fraîches furent apportées, et Éléonore ordonna à ses gens de bien servir les citoyens qui devaient
encore passer la nuit dans son donjon. Le commissaire
se plaça au haut de la table, les autres se rangèrent
autour de lui. L'on fut très-gai, le vin coula à grands
flots.

La comtesse profita de ce moment pour demander
la permission de se retirer dans une pièce voisine avec
sa fille et y prendre un peu de repos. Le commissaire
y consentit à condition que la porte resterait ouverte.
Éléonore ne s'opposa point à cette exigence, donna le
bonsoir à la bruyante société, et, après avoir adressé
une fervente prière au Seigneur et lui avoir recommandé cette affaire, elle se jeta sur un même lit avec sa
fille.

Elle était remplie d'espoir et comptait à coup sûr

tromper la vigilance de ses geôliers. Déjà elle errait
en esprit dans le sombre dédale de la forêt, déjà elle
voyait de loin la grotte tapissée de mousse où était caché
son époux chéri, déjà elle était dans ses bras, déjà elle
le pressait contre son cœur. Pauvre femme, tu te berces
dans de vaines illusions ! prie et pleure ! Tu n'échappe-
ras aux tigres qui t'ont enlacée dans leurs piéges, tu
approcheras de tes lèvres le calice de l'amertume. Ton
courage se retrempera dans l'adversité, et tu n'en
paraîtras que plus grande.

Pendant que les joyeux convives se divertissaient à
table, Eléonore attendait avec impatience le signal
qu'on était convenu de donner pour faciliter son évasion. Le temps ne s'écoulait pas assez rapidement à son
gré : elle comptait les minutes, qui lui paraissaient des
heures. Enfin elle entendit frapper doucement à la fenêtre, se leva sans faire le moindre bruit, ouvrit avec
la plus grande précaution, et se glissa sur l'échelle qui
avait été préparée pour la recevoir. Mathilde la suivit et
s'échappa de même fort heureusement ; mais, en s'éloi-
gnant, elle oublia de fermer la fenêtre, et l'air qui pé-
nétra dans la chambre la trahit. Le gendarme qui était
assis à quelques pas de la porte fumait sa pipe, lorsqu'il

sentit tout-à-coup un petit coup de vent qui vint souffler sur lui. Il se leva, regarda dans la chambre, s'aperçut que la fenêtre était ouverte et que les deux dames s'étaient échappées.

— Nous sommes trahis ! s'écria-t-il avec fureur ; ces deux coquines se sont enfuies.

Aussitôt chacun fut sur pied. Toute la bande se précipita dans la cour, mais tout y était tranquille, et il n'y avait pas d'apparence que la comtesse et sa fille l'eussent traversée. Ces forcenés se ruèrent donc sur le jardin, dont malheureusement on avait négligé de fermer la porte. Ils y entrèrent comme des furieux, remplissant l'air de leurs clameurs et se dispersant dans toutes les directions.

Dans le premier mouvement, ils avaient oublié leurs armes, et s'emparèrent de tout ce qu'ils trouvaient sous la main pour se défendre en cas d'attaque. Ils parcoururent en tous sens le vaste jardin, mais les deux dames ne purent être atteintes ; elles venaient de franchir l'enclos au moment où leurs persécuteurs s'aperçurent de leur absence, et Valentin avait eu soin de fermer à clef la porte secrète par laquelle elles étaient sorties.

Lorsque le commissaire fut arrivé à cette porte, il se douta que c'était par cette voie que les dames s'étaient évadées, et, pour ne point perdre de temps, il ordonna à quelques-uns de sa troupe d'escalader le mur, ce qui était d'autant plus facile qu'il était garni d'arbres. Ce fut l'affaire d'un instant, et cet obstacle fut franchi. Dix des plus déterminés d'entre les satellites du commissaire se répandirent dans la forêt, continuant leurs cris et s'animant les uns les autres à ne point perdre courage jusqu'à ce qu'ils eussent rejoint les deux aristocrates.

Cependant Eléonore crut entendre les clameurs des forcenés, que répétait l'écho de la forêt. Elle fit part à Valentin de sa frayeur, et l'on s'arrêta un instant pour s'assurer de la chose. Malheureusement il ne resta plus de doute. La pauvre dame tremblait comme la feuille lorsqu'elle apprit qu'elle était poursuivie. Elle ne perdit pas courage et dit tout bas à sa fille et au domestique de redoubler le pas pour échapper à leurs ennemis. Le bruit qu'ils firent en marchant et en écartant les broussailles qui obstruaient le passage les trahit et attira sur leurs pas deux scélérats achar- nés à les poursuivre. Ce fut en vain que les victimes

redoublaient d'efforts, tout fut inutile, elles furent
atteintes.

Qu'on juge de la consternation d'Eléonore lorsqu'elle
entendit ses lâches persécuteurs lui crier d'une voix
de tonnerre d'arrêter si elle ne voulait s'exposer à
être tuée sur la place ; mais Eléonore fuyait toujours.
Enfin elle se sentit retenue par le bras et fut obligée
de se rendre. Les deux hommes, sans faire attention
à Mathilde et à Valentin, l'entraînèrent avec eux et
rebroussèrent chemin, en la conduisant en triomphe au
château.

La prise de la noble dame provoqua des cris d'une
joie féroce : on eût dit que la patrie venait d'être pré-
servée du plus grand danger par l'arrestation d'une
femme qui n'était cependant nullement à craindre. Le
commissaire surtout fit éclater ses transports en revoyant Éléonore, qu'il chargea d'imprécations et qu'il
fit placer entre deux gendarmes qui ne devaient plus
quitter leur proie.

Valentin et Mathilde retournèrent aussi sur leurs pas
et revinrent au château. Cette dernière ne put se résoudre à abandonner sa mère, résolue qu'elle était de partager en tout son sort, quel qu'il fût.

La nuit se passa dans une horrible agitation. Le commissaire, qui reconnut le piége qu'on lui avait tendu,
ainsi qu'à ses gens, en leur servant si copieusement à
boire, fut sur ses gardes et ordonna à ses satellites de
modérer leur désir de se gorger de vin. On attendit
avec impatience les ordres de la ville pour savoir ce
qu'il fallait faire de la comtesse. Ces ordres furent enfin apportés par un gendarme sur les neuf heures du
matin. Il fut enjoint au commissaire de procéder sur-le-
champ à l'arrestation d'Eléonore et de la conduire sous
une bonne escorte dans les prisons de la ville. Le
mandat ne fit point mention de la jeune Mathilde; sans
doute que l'âge de cette demoiselle n'avait inspiré aucune
crainte aux membres du comité.

Le commissaire mit dans l'exécution des ordres qu'il
venait de recevoir un raffinement de barbarie qui aurait révolté toute âme honnête. Pour empêcher la captive de lui échapper, il voulait lui faire attacher les
mains derrière le dos comme à une personne convaincue d'un grand crime; mais la comtesse s'opposa de
toutes ses forces à cette mesure infâme, protestant
qu'elle n'y consentirait jamais, et déclarant qu'elle se
laisserait plutôt mettre en pièces que d'être enchaînée

comme une criminelle. Le commissaire fut obligé de céder et la fit placer sur une misérable charrette entre deux gendarmes, sans vouloir lui permettre d'emporter ni linge, ni hardes, ni argent, insultant ainsi à son malheur, et lui disant avec une froide ironie que la république pourvoirait, dans sa générosité, à tous ses besoins.

Lorsque Mathilde vit sa pauvre mère traînée sur la charrette fatale, elle se jeta dans ses bras, ne voulant point la quitter. Un des gendarmes s'efforça en vain de la dégager, il ne put y réussir : alors, tirant son sabre, il menaça de la percer ; mais la courageuse fille brava ses menaces et s'attacha encore plus étroitement à sa mère. Ce fut un spectacle déchirant de voir ce combat de piété filiale Mathilde remplissait l'air de ses cris ; sa mère ne put ni la repousser ni l'admettre dans la charrette. Enfin, las de ce spectacle qui aurait attendri des animaux féroces, le commissaire s'approcha de la jeune fille, la saisit par le bras et la poussa rudement contre une roue. Dans ce moment, Mathilde lui dit d'une voix déchirante :

— Ah ! monsieur ! je vous en supplie, au nom de Dieu, ne me séparez point de ma mère. Je suis prête à partager son sort, à subir même la mort, mais laissez-moi auprès d'elle.

— Non! s'écria le commissaire, tu ne peux la suivre ; je n'ai point d'ordre pour te conduire en prison.

Et il l'enleva de force et la remit entre les mains d'un gendarme, qui l'emporta malgré ses cris.

Eléonore faillit perdre connaissance au milieu de ces débats. Un geste du commissaire, et la voiture s'éloigna au grand trot. Toute la bande suivit en poussant des hurlements semblables aux rugissements du lion. La troupe, heureuse d'emmener la prisonnière, ne s'arrêta que le temps nécessaire pour changer de chevaux et prendre quelques rafraîchissements, et arriva en ville le soir même. La comtesse fut conduite dans un sombre cachot où se trouvaient pour tout meuble une paillasse, une mauvaise table et une chaise. Une heure après son arrivée, le geôlier lui apporta de la soupe, un morceau de pain et une cruche d'eau. Elle lui adressa plusieurs questions, auxquelles cependant il ne fit aucune réponse.

Après le départ d'Eléonore, Mathilde regagna, plus morte que vivante, l'appartement où un instant auparavant tout fourmillait de monde et où tout retraçait alors à ses yeux l'image de la désolation et de la mort. Tout dans ces lieux la frappait : ce silence, cette espèce de solitude dans laquelle elle se voyait, cet abandon, cette absence des êtres les plus chers, cette inquiétude sur le sort d'un père et d'une mère, que l'on venait de ravir à son amour, tout la préoccupait, tout l'accablait. Elle se jeta dans un fauteuil pour se livrer à toute sa douleur et répandit un torrent de larmes. — Pauvre enfant! verse des pleurs! tu n'es qu'au printemps de ta vie, et ton existence est déjà abreuvée de tant d'amertume. Pleure! mais ne désespère point! tu as dans le ciel un autre père qui veille sur toi qui te protégera; il comptera tes larmes et tes soupirs; il entend tes gémissements, il mesure l'étendue de ta douleur, et il volera à ton secours. — Tout ce qui venait de se passer au château avait déchiré l'âme de la tendre Mathilde par tant d'endroits à la fois qu'on ne savait ce qu'elle allait devenir. Les domestiques l'entourèrent et lui donnèrent toutes les marques de respect et d'attachement; mais le souvenir de son père et de sa mère était toujours là pour briser son cœur. Elle ne sut que répondre à ses gens, tant était profonde son affliction. Jusqu'alors elle avait eu

quelque confiance dans les hommes, parce qu'elle n'a-
vait pas connu leur méchanceté et leur perfidie ; mais,
depuis deux jours, elle avait été cruellement désabusée :
il lui semblait que tout était changé pour elle au monde, et que l'univers entier s'était ligué pour conspirer
sa perte et celle de ses parents. Et sans doute elle était
à plaindre, privée de tout secours et abandonnée à
elle-même. Dans les premiers mouvements de sa douleur, elle allait accuser le ciel d'user de trop de rigueur
à son égard ; mais elle reconnut bientôt sa faute, et
promit à Dieu de se soumettre, sans murmurer, à
toutes les peines qu'il lui enverrait.

Enfin, après plusieurs heures d'angoisses, elle recou-
vra un peu de calme, et réfléchit sur sa position malheureuse. Elle ne sut d'abord à quoi se résoudre : mille
pensées surgissaient dans sa tête bouleversée. Tantôt
elle résolut d'aller rejoindre son père dans la forêt pour
partager son sort ; mais elle reconnut bientôt qu'une
vie errante au milieu des bois, et surtout dans la
mauvaise saison où l'on allait rentrer, ne conviendrait
ni à son âge ni à son sexe, et qu'elle serait plutôt à
charge qu'utile au comte, qui, au cas où l'on viendrait
à découvrir sa retraite, pourrait bien mieux, étant

seul , se soustraire aux recherches de ses ennemis ; tantôt elle résolut d'aller trouver les juges qui devaient
statuer sur le sort de sa mère, pour les prier de lui
permettre de s'enfermer avec Eléonore et de la comprendre dans le même arrêt, se sentant aussi coupable,
ou plutôt n'ayant pas plus de crime à se reprocher que
cette vertueuse femme ; tantôt elle forma d'autres projets
dont l'exécution ne lui parut toutefois pas toujours possible. Au milieu de ces perplexités , elle oublia jusqu'aux
soins de son corps , refusa même de prendre de la nourriture , quoique les domestiques la pressassent de penser à sa santé.

Pendant qu'elle était ainsi livrée à la vivacité de sa
douleur, le vieux portier entra dans son appartement
pour lui parler. C'était un brave et loyal serviteur qui
avait donné à son maître mille preuves de fidélité dans
les circonstances les plus critiques, et qui aurait volontiers sacrifié sa vie pour lui.

Il entreprit d'abord de la calmer et de lui inspirer
du courage ; ensuite il lui fit comprendre qu'à l'âge où
elle était elle ne pouvait et ne devait pas décider elle-
même de son sort, mais demander conseil à son père,
qui, n'étant qu'à quelques lieues de là, pourrait être

facilement consulté et lui donner les avis nécessaires
pour se diriger.

Mathilde goûta cet avis. Valentin fut appelé et reçut
ordre de partir sur-le-champ et de se rendre auprès
du comte pour apprendre de sa bouche ce que sa fille
avait à faire dans ce danger pressant. Le jeune homme
fut aussitôt prêt, mangea un peu, prit son bâton et se
mit en route. Il fit le chemin en peu de temps, mettant le plus de diligence possible à remplir sa commission, afin de revenir au plus tôt pour tranquilliser
la pauvre Mathilde. Mais, ô douleur ! arrivé à la
grotte dans laquelle il avait laissé le comte l'avant-
veille de son départ, il n'y trouva plus personne ; le
foin et les herbes qu'il avait ramassés pour faire un
lit à son noble maître étaient dispersés en tous sens,
comme pour cacher au monde que la grotte eût jamais
été habitée.

Valentin ne sut que penser de cette disparution du
comte. Il éleva, à plusieurs reprises, sa voix, comme
pour appeler quelqu'un, sans toutefois articuler de
nom, de crainte de trahir son maître ; mais il ne reçut
aucune réponse. Il se dirigea ensuite de tous côtés dans
l'épaisseur du bois, fouilla tout, mais ne trouva pas le

comte. Sans doute que ce dernier, n'ayant pas vu arriver Valentin avec la comtesse et Mathilde, s'était persuadé que le lieu de sa retraite avait été découvert, et, pour échapper aux recherches des commissaires, il s'était enfoncé davantage dans les montagnes ; et ce fut en effet là le motif qui détermina le comte à quitter la grotte dans laquelle il ne voyait plus de sûreté pour lui.

Valentin s'en retourna donc au château, n'osant presque pas annoncer cette triste nouvelle à la pauvre Mathilde, et prévoyant la funeste impression qu'elle ferait sur cette enfant. Avant de se présenter devant la demoiselle, il alla trouver le portier et lui exposa la chose.

Celui-ci, sans se déconcerter, se chargea de prévenir Mathilde, et alla la trouver aussitôt. Il lui fit entendre que le comte, prévoyant l'arrestation de son épouse, s'était sans doute rapproché de la ville dans laquelle cette dernière était retenue prisonnière, afin de lui être utile et de travailler à son élargissement. Il sut embellir son récit de manière à porter facilement la conviction dans l'âme de Mathilde.

Une imagination de quinze ans s'enflamme si subitement et prend ses désirs pour des réalités.

Il faut si peu de chose à la jeunesse sans expérience
pour s'enthousiasmer, surtout lorsqu'il s'agit du bien-
être de ceux auxquels on est attaché par les liens de la
nature, de l'amour et de la reconnaissance.

Mathilde avait écouté dans un religieux silence les
raisons du portier, lorsque tout-à-coup elle s'écria :

— Oui, brave homme, vous avez raison ! papa est
certainement allé en ville pour se rapprocher de maman;
moi aussi, j'irai en ville et je tâcherai de pénétrer
jusqu'au cachot où est plongé ma pauvre mère ; je
veux la voir à tout prix et la soulager dans ses peines.

— Mais vous n'y pensez pas, mademoiselle, répondit
le portier stupéfait. Croyez-vous donc qu'on vous permettra d'entrer en prison, dans les circonstances actuel-
les, où les agens du pouvoir exercent une surveillance
si active sur tous ceux qu'on y renferme ? Renoncez
donc à ce projet, qu'il est plus facile de combiner que
d'exécuter.

— C'est mon affaire, s'écria Mathilde avec feu :
j'exécuterai mon projet; c'est Dieu qui me l'a inspiré, c'est
lui qui m'assistera dans cette entreprise.

Le portier, voyant cette fermeté, qu'il n'avait jamais

remarquée dans Mathilde, n'osa plus répliquer, prit son bonnet et se retira.

Mathilde se leva de son siége, se promena dans l'appartement, s'arrêta quelquefois comme pour réfléchir, se parla tout bas et parut préoccupée du plan qu'elle prétendait lui avoir été inspiré. Ses traits s'animèrent, une certaine sérénité remplaça cette sombre mélancolie qu'elle avait fait paraître depuis le départ de son père : on eût dit que le ciel venait de déchirer devant elle le voile de l'avenir, et qu'elle avait lu comme dans un miroir magique le sort qui était réservé à ses parents, et ce sort ne parut point l'effrayer.

Mathilde passa la journée dans une grande tranquillité et fit part aux gens du château du plan qu'elle avait combiné. Personne n'osa la contredire. Elle prit toutes ses mesures, se munit d'argent, recommanda à Dieu le soin de l'affaire qu'elle méditait et se coucha.

Le lendemain, sur les trois heures de l'après-midi une jeune fille vêtue comme les villageoises et tenant sus le bras un paquet, était assise au coin de la petite place de la prison où gémissait Eléonore. Elle paraissait triste et rêveuse. De temps en temps elle jetait un regard furtif sur la porte de la prison comme pour demander qu'elle s'ouvrit, mais ses vœux ne se réalisaient point. Déjà elle allait perdre l'espoir de pénétrer dans cette enceinte où tant d'autres frémissaient d'entrer, lorsqu'elle vit arriver une voiture escortée par six gendarmes.

« Ce sont sans doute encore quelques nouvelles victimes qu'on amène là, se dit-elle. » Et de ses yeux s'échappa une larme qu'elle essuya bien vite pour qu'on ne s'aperçût point de la part qu'elle prenait au sort des malheureux.

La voiture s'arrêta ; la cloche fut mise en branle ; la porte de la prison s'ouvrit. Deux hommes, dont l'un, déjà sur l'âge, tenait en main un trousseau de clefs, échangeaient quelques mots avec les gendarmes pendant qu'un monsieur et une dame sortaient de la voiture et franchissaient, en tremblant, la porte fatale.

La jeune fille allait s'élancer sur leurs pas, mais elle se retint. Ses yeux erraient encore sur la porte qui s'était refermée, lorsqu'elle la vit s'ébranler de nouveau. Elle aperçut en même temps une jeune fille à peu près de son âge sortir du guichet et se diriger vers la fontaine pour y chercher de l'eau. La petite étrangère s'approcha, la salua, s'offrit à lui remplir sa cruche, et lui dit :

- Ma bonne demoiselle ! vous êtes sans doute la fille
du geôlier de la prison.

Celle-ci, la regardant d'un air de surprise, l'interrompit brusquement :

— Ne sais-tu donc pas, toi, lui dit elle, qu'on ne dit
plus *vous*; mais *toi*, et qu'on ne s'intitule plus *mademoiselle* ni *madame*, ni *monsieur* ? Papa me l'a bien recommandé : on dit maintenant *citoyen* et *citoyenne*.
Eh bien ! oui, je suis la fille du geôlier, et que me
veux-tu ?

L'étrangère, que cette rude apostrophe avait déconcertée, rougit et ne répondit rien.

— Eh bien ! reprit l'autre en remplissant sa cruche,
dis donc, que me veux-tu ?

— Je suis une pauvre fille, reprit l'étrangère, abandonnée de mes parents ; je désirerais entrer en condition
quelque part.

— Et que sais-tu faire ?

— Tout ce qu'on peut savoir à mon âge.

— Sais-tu faire la soupe ?

— Je n'en ai jamais fait moi-même, mais j'ai vu la
faire souvent, et je saurai bientôt. Je sais aussi coudre,
raccommoder le vieux linge ; d'ailleurs je me prêterai à

tout, et tu verras, ma petite amie, que les parents se
ront contents de moi.

— Eh bien ! je vais leur en parler. Nous avons bien
besoin de quelqu'un : il nous arrive tous les jours du
monde, et nous ne pouvons presque plus suffire à la
besogne. Attends-moi. » Et elle partit avec sa cruche.

En rentrant chez elle, la fille du geôlier déposa sa
cruche dans un coin et alla trouver son père.

— Dis-donc, papa, lui dit-elle en se plaçant devant
lui, te souviens-tu encore de ce que tu as dit l'autre jour
en rentrant le soir tout fatigué, que si ça continuait
comme ça, et que si le comité faisait toujours de même
la chasse aux aristocrates, nous ne suffirions plus à la
besogne?

— Eh bien ! oui ; et puis ? répondit le vieux père en
grommelant et en achevant de boire un verre d'eau-de-
vie.

— C'est que, vois-tu, reprit la fille, je viens de rencontrer à la fontaine une jeune fille qui peut avoir mon
âge, et qui demande à entrer en service chez nous. Je
lui ai dit d'attendre ma réponse. Elle paraît bonne enfant et disposée à tout faire. Elle voudrait être chez de

braves gens, et, parbleu ! ça ne trouvera nulle part mieux que chez nous. N'est-ce pas, nous la prendrons ?

— Comme tu y vas, étourdie ! Il faut d'abord la voir avant de l'engager. Vas appeler ta mère : tout ce qu'elle fera sera bien fait. » Et il se versa une nouvelle rasade.

Cécile (c'était le nom de la fille du geôlier) vola à la cuisine, où était sa mère, et déploya toute son éloquence pour persuader à cette dernière de prendre la petite étrangère. La mère se montra assez disposée, et Cécile, heureuse d'avoir une compagne, alla aussitôt l'appeler pour la présenter à ses parents.

En entrant dans la prison, l'étrangère ressentit un certain mouvement de crainte, dont elle ne put se garantir : il lui semblait qu'elle allait à la mort, et cependant une voix intérieure lui disait d'espérer, qu'elle pourrait y faire du bien et y être utile. Cécile ne s'aperçut point de la peine que ressentait celle qu'elle appelait déjà son amie, et la conduisit comme en triomphe vers son père et sa mère.

Le geôlier bourrait sa pipe au moment où Cécile entra, et, après l'avoir allumée, il jeta un regard sur la jeune étrangère. — C'est donc toi, lui dit-il en vomissant

dans sa figure des bouffées de fumée, qui veux entrer
en condition chez nous ?

— Oui, mons... oui, citoyen, répondit la jeune fille
en se reprenant.

— As-tu déjà servi ?

— Jamais.

— Et comment vas-tu t'y prendre ?

Dans ce moment entra la geôlière.

— Je ferai tout mon possible pour contenter mes
maîtres.

— Et moi, s'écria Cécile, je l'instruirai et je la for-
merai.

— Tais-toi, bavarde, lui dit le geôlier en lui lançant un regard foudroyant : ce n'est pas toi qu'on in-
terroge.

Puis s'adressant à l'étrangère :

— Dis-moi, la petite, quel âge as-tu ?

J'ai quinze ans.

— Et d'où es-tu ?

— Je suis née près du village de Commore, dans une
maison isolée, dans la valée de Lucelle.

— Et quel est l'état de ton père ?

— Mon père n'avait point d'état : nous vivions, comme on vit à la campagne , du produit de nos terres.

— Et qu'est devenu ton père ? Est-il mort ?

— Je l'ignore.

— Et ta mère?

Ici la pauvre fille ne sut que répondre : elle allait se troubler ; cependant elle se ravisa et répondit sans trop d'émotion :

— J'ai déjà dit à Cécile que j'étais abandonnée de mes parents et que c'est pour cela que je cherchais une condition. Je voudrais bien la revoir ma pauvre mère, et Dieu sait où elle est.

— Eh bien ! que penses-tu de cette fille ? dit alors le geôlier à sa femme , qui jusqu'alors avait gardé le silence ; crois-tu pouvoir l'employer ?

— Cette petite me plaît : j'aime mieux avoir une domestique qui n'a pas encore servi, je pourrai la former, et celle-ci me paraît assez souple. Ecoute, ma fille, dit ensuite la femme à la petite, je vais t'expliquer tout de suite ce que tu auras à faire chez nous. Tu vois une grande maison : eh bien ! il faut la balayer avec Cécile , m'aider à la cuisine, aller chercher de l'eau , porter à

manger aux prisonniers, et ainsi de suite. Je te donnerai dix écus de gages et deux paires de bas à la fin de
l'année. Cela peut-il te convenir ?

— Oui, ma maîtresse.

— Eh bien ! soit, tu resteras avec nous ; nous verrons
si nous serons contents de toi.

Cécile embrassa sa nouvelle amie, la débarrassa
de son paquet et la conduisit dans un petit cabinet où
elle s'entretint avec elle pour lui exprimer le plaisir
qu'elle avait de l'avoir près d'elle.

— Maintenant, lui dit-elle, il faut que tu me dises
aussi ton nom.

— Je m'appelle *Mathilde*.

Jeunes lecteurs, vous avez sans doute déjà prononcé
ce nom dans vos cœurs.

Mathilde fut donc installée comme domestique chez le
geôlier et se disposa à servir dans une condition basse
et malheureuse, elle qui jusqu'à ce jour avait été si
heureuse.

Pour apprécier le noble dévouement de Mathilde,
nous allons mettre sous les yeux de nos jeunes lecteurs
le tableau du ménage du concierge. Qu'on se représente
d'abord un homme né dans la basse classe du peuple.

sans éducation, sans connaissances, d'un caractère dur
et brutal, dominé par les habitudes d'assaisonner sa
conversation de juremeuts épouvantables, de se livrer à
la boisson, de se quereller pour chaque bagatelle avec
sa femme et sa fille ; sans principes religieux, exact ou
plutôt d'une sévérité outrée dans son service, regardant
les prisonniers politiques comme des scélérats, les tour-
mentant avec une froide barbarie et ajoutant encore par
de mauvais traitements à leur situation déjà si malheureuse, et l'on concevra ce que Mathilde eut à souffrir
dans sa position. Elle, la vierge timide, qui n'avait jamais eu sous les yeux que de bons exemples, qui avait
été élevée avec tant de soin selon les maximes de la religion, dont l'âme si candide ne s'était ouverte qu'aux
impressions de la vertu, se vit tout à-coup lancée dans
une nouvelle sphère et réduite à avoir pour société des
êtres inaccessibles à tout sentiment honnête : quel avenir ! Toute autre aurait reculé devant la pensée de se
faire à un pareil sort; mais de quoi n'est pas capable la
piété filiale !

Mathilde mesura du premier coup d'œil toute l'étendue
des maux qui allaient fondre sur elle; mais l'idée de
voir sa bonne mère, de la soulager dans ses peines, la

soutint, et forte de l'amour qu'elle lui portait, elle prépara son cœur à supporter le poids de l'affliction, heureuse de pouvoir payer la dette de la reconnaissance qu'elle lui devait.

Tout, dans le ménage du portier, était en harmonie avec les sentiments de cet homme. La malpropreté était au comble dans des appartements bas et malsains : les murs étaient tapissés de larges toiles d'araignée et tout noircis par la fumée : les meubles étaient couverts d'une crasse fétide, le linge déchiré ; rien n'était à sa place, tout était en confusion ; tout retraçait l'image du désordre. Mathilde fut surtout épouvantée à l'aspect du misérable grabat qui devait lui servir de lit pour se reposer pendant la nuit des fatigues de la journée, mais elle se rappela ce que lui avait dit si souvent sa pieuse mère, qu'une bonne conscience est le meilleur oreiller, et que, quand on était en paix avec Dieu, on dormait mieux sur la dure que sur l'édredon. Une autre peine bien plus grande pour elle, ce fut l'absence de toute idée religieuse dans cette famille ; car elle n'aperçut ni tableau, ni Christ, ni rien de ce qui pouvait lui suggérer une pensée grave et consolante ; mais, par contre, elle vit plusieurs tableaux représentant des sujets tirés de la

mythologie païenne. Ainsi il lui fallut renoncer à pratiquer aucun acte religieux ; elle dut se contenter de faire
ses prières quand elle était seule et sans témoins, pour
ne point provoquer les cris et les réclamations de ses
maîtres impitoyables.

Le jour de son arrivée, on la laissa tranquille, sans
même lui parler de besogne; mais, le lendemain, Cécile
vint la réveiller de bonne heure : — Bonjour! bonjour !
lui dit-elle, comment as-tu passé la nuit ?

— Très-bien, lui répondit Mathilde; j'ai aussi bien
dormi que chez nous, et je suis bien contente d'être ici;
je crois que je serai heureuse dans cette maison.

— Tant mieux, réprit Cécile, je suis bien aise d'entendre cela. Je suis venue de bonne heure dans ta chambre pour causer avec toi à mon aise; car il n'est pas
encore temps de nous mettre au travail. Ecoute ce que
je vais te dire. Tu auras un peu de peine, au commen-
cement, à te faire à l'humeur de mon père. Tiens, papa
est un brave homme, tout le monde le dit; mais il est
comme ça un peu drôle, tu me comprends, n'est-ce pas ?
Il est quelquefois un peu de mauvaise humeur, il gron-
de, il fait du tapage ; mais je n'y fais plus attention ; je
m'en moque. Ca me faisait peur quand j'étais petite : à

présent je ris de ses cris et je ne lui réponds plus, surtout quand il est ivre; car papa, vois-tu, boit chaque
jour sa bouteille d'eau-de-vie, et le soir il est un peu
en train; alors tout l'impatiente; c'est cependant un
brave homme, je t'en assure. Tous les dimanches il me
donne de l'argent à l'insu de ma mère, et je vais ensuite
à la danse. Nous irons ensemble dimanche prochain,
n'est-ce pas.

— Non, ma chère Cécile, je n'irai jamais à la danse:
ma mère me l'a sévèrement défendu. Je sais à quels dangers la jeunesse s'expose dans ces sortes de réunions, et
j'aime mieux rester sage que de courir risque de perdre
mon innocence.

Cécile était comme frappée de la foudre en entendant
ces paroles. Elle avait cru trouver une compagne de
plaisir dans Mathilde, et voilà que celle-ci lui annonce
qu'elle ne l'accompagnera pas à la danse. Elle jeta un
regard de surprise et de consternation sur elle, et parut
embarrassée de ce qu'elle allait répondre. Enfin elle reprit la parole :

— Maman m'a aussi dit quelquefois qu'il ne convenait
pas à de jeunes filles d'aller s'amuser ainsi: mais papa
lui a répondu qu'il fallait que jeunesse se passât, qu'a

mon âge on ne pouvait pas être grave comme un bonnet de nuit. Maman a voulu répliquer, mais papa lui a imposé silence et m'a dit de partir; j'ai obéi. A propos, sais-tu que maintenant il n'y a plus de dimanche, mais des dé... décadis? Oui, je crois qu'on donne ce nom-là au jour qu'on fête à présent à la place de l'ancien dimanche. Tu dis que tu n'iras pas à la danse, toi; ça me fait de la peine, car je comptais si bien m'amuser avec toi !

— Dis-moi, reprit Mathilde, il y a bien des gens enfermés dans cette prison?

— Oui, elle est presque pleine; nous n'avons plus que quatre chambres à donner, et, si on amène encore du monde, nous ne saurons plus où loger tout ça.

— Et quelles sont ces personnes?

— Ce sont des aristocrates, des ennemis de la république, pour la plupart des nobles qui on conspiré contre la France. On va bientôt en juger quelques-uns.

— Il n'y a sans doute que des hommes?

— Bah! il y a aussi des femmes, et, à ce qu'a dit papa, des riches, des comtesses et autres. Mais écoute : j'entends la voix de papa qui m'appelle . habille-toi bien vite et viens me rejoindre; nous allons balayer ensem-

ble le grand corridor. Viens, viens, dépêche-toi. » Et
elle s'esquiva.

Mathilde s'habilla en faisant de tristes réflexions. Que
de choses elle venait d'apprendre ! que de choses elle se
flattait d'apprendre encore ! et voilà qu'elle reste plongée
dans la plus cruelle incertitude. Elle avait espéré faire
tomber adroitement la conversation sur sa mère infortunée, et, au moment où son cœur s'ouvrait à goûter
quelques consolations, elle se voit obligée d'interrompre
sa conversation avec Cécile. Elle s'habille et se prépare
à aller rejoindre la fille du concierge pour commencer
son occupation journalière. Jamais elle n'était sortie
jusqu'à ce jour de son appartement sans offrir à Dieu
les prémices de ses pensées, et à peine put-elle alors se
recommander au Seigneur par quelques mots entrecou-
pés de soupirs : mais l'amour de son Créateur et de sa
bonne mère la soutient, elle vole où son devoir l'appelle.

Le balai à la main, elle traverse le long corridor sur
les murs duquel elle lit quelques sentences morales à
moitié effacées, à côté des maximes les plus furibondes,
que différentes mains tracèrent sous ces voûtes où se
promenaient ensemble le vice le plus abject et l'inno-

cence la plus pure. Presque partout les mots de *Dieu*,
de *vertu*, avaient été effacés, tandis qu'on avait laissé
subsister des sentences que le cynisme le plus éhonté
avait inspirées comme pour insulter aux sentiments
honnêtes que pouvaient nourrir dans leurs cœurs les
pauvres prisonniers.

Arrivée au bout de cette noire galerie, elle s'arrêta
tout-à-coup devant un pilier sur lequel on avait tracé
au charbon une guillotine avec une inscription dont
plusieurs paroles étaient effacées.

— Dis donc, lis-moi cette inscription qui est écrite
là-haut autour de cette guillotine.

— Laisse donc, ma mie, lui répondit l'autre, ne
nous arrêtons pas à cela ; d'ailleurs je ne sais pas lire,
moi.

— Comment ! tu ne sais pas lire à ton âge ?

— Non : on ne me l'a jamais appris, je n'ai jamais été
à l'école.

— Tu as cependant fait ta première commu-
nion ?

— Non : papa a dit que c'était du fanatisme que cela.
Je connais d'autres enfants qui l'on faite ; maman a vou-

lu que je la fisse aussi, mais papa n'a jamais voulu y
consentir, et tout en est resté là.

— Tu as cependant été baptisée?

— Je crois que oui, je ne m'en souviens plus; maman
le sait.

— Fais-tu quelquefois tes prières?

— Ma foi, non, je n'en sais point. Comment veux-
tu qu'on prie dans une maison comme celle ci, où
l'on est écrasé de besogne du matin au soir. Papa
dit toujours que ce sont des bêtises que ça, et qu'il
n'y a pas de bon Dieu, et cependant, quand il est
un peu malade, il dit toujours : « *Mon Dieu, mon
Dieu.* »

La pauvre Mathilde n'y tenait plus en entendant tout
cela ; un soupir s'échappa de sa poitrine haletante.

Cependant le balayage était à peu près terminé, lorsque la femme du concierge ouvrit la porte de la chambre.

— A la soupe, les enfants, dit-elle ; venez, elle est
bien chaude.

Cécile et Mathilde entrèrent et mangèrent une bonne
assiettée de soupe ; le portier avalait pendant ce temps-là

deux fortes tasses de café, auxquelles il ajouta un petit
verre d'eau-de-vie.

— Vous allez maintenant me suivre, vous deux,
dit-il aux deux jeunes filles; mais écoute bien,
Mathilde : tu sauras qu'il est absolument défendu de
parler aux prisonniers, de rien accepter d'eux, surtout
des lettres, de leur faire aucune commission sans m'en
avoir demandé la permission ; encore faudra-t-il me
montrer chaque fois ce que tu auras à leur remettre.
Comme tu ne connais pas encore le train d'une prison,
tu te conformeras strictement à tout cela; autrement tu
ne pourrais pas rester ici, entends-tu ?

Mathilde fit un signe de tête et pâlit. Cette défense sévère renversa toutes les espérances qu'elle avait conçues
d'être utile à sa mère. Elle fut tellement troublée de cette annonce intempestive qu'elle balança un instant si
elle resterait plus long-temps dans une maison où elle ne
pourrait que jouer le rôle de domestique, sans atteindre
le but qu'elle s'était proposé.

Cependant elle se ravisa, mit sa confiance en Dieu,
espérant trouver le moyen de secourir celle qui avait tant
de droits à son amour.

Le portier prit le trousseau de ses clefs, et, suivi des

jeunes filles, qui portaient un baquet rempli de soupe,
il se rendit dans plusieurs cabanons pour faire la distribution du matin. Le cœur de Mathilde s'ouvrit à la joie,
elle se flatta de voir sa mère, quoiqu'elle prévît que
celle-ci ne la reconnaîtrait pas dans son costume de
paysanne. Déjà on était entré dans quinze à vingt chambrettes, mais on était pas encore venu à celle qu'occupait Eléonore; et, comme on passait devant plusieurs
cabanons sans y entrer, Mathilde demanda tout bas à
Cécile pourquoi on ne distribuait pas de soupe à tout le
monde.

— On n'en donne, répondit Cécile, qu'aux personnes
qui paient; celles qui n'ont pas d'argent ne reçoivent que
du pain sec le matin, de la soupe à midi et encore du
pain le soir.

Mathilde gémit dans son cœur en pensant au dénuement de sa pauvre mère, qui, manquant d'argent,
était ainsi privée d'une nourriture qui lui eût été si
nécessaire.

Deux jours s'écoulèrent, et Mathilde n'avait pas encore
eu la consolation de voir Eléonore. Elle allait perdre tout
espoir de pénétrer auprès d'elle, et se livrait aux réflexions les plus pénibles, maudissant dans son cœur la

barbarie des hommes qui retenaient ainsi une innocente dans un cachot.

Dix heures du soir venaient de sonner à l'horloge de la prison : Mathilde était rentrée dans sa chambre et se disposait à prendre son repos, lorsque ses regards se portèrent sur la petite fenêtre qui éclairait son appartement. La lune, qui était pleine dans ce moment, jetait quelques rayons de sa lumière argentée dans ce réduit, et semblait se plaire à guider les pas de la jeune fille. « Pauvre lune ! se dit Mathilde en poussant un profond soupir, tu viens me visiter dans ma petite chambre, comme pour prendre part à mes peines. Va, éclaire aussi la solitude de ma mère infortunée ; dis-lui que sa fille est ici, tout près d'elle, et qu'elle brûle du désir de la voir ; dis-lui qu'elle compte les moments, et que les heures lui paraissent des siècles. » Puis, se mettant à genoux et élevant au ciel des mains tremblantes : « Mon Dieu, s'écria-t-elle, vous qui m'avez inspiré le dessein de venir ici pour soulager ma mère, couronnez votre ouvrage ! rapprochez-moi d'Eléonore ; faites que je puisse la voir, la consoler dans ses souffrances, relever son courage, calmer ses inquiétudes. Ah ! Seigneur ! c'est une fille qui prie pour sa mère, qui veut s'immoler pour

elle. Exaucez ses vœux, ne rejetez point ses supplica-
tions. » Et les larmes coulèrent brûlantes des yeux de
la pauvre enfant. Après avoir fait sa prière du soir,
Mathilde se coucha sur son grabat, et s'endormit bientôt
d'un sommeil assez calme.

Le lendemain, Mathilde reçut ordre d'aller laver un
paquet de linge sale à la fontaine. Elle obéit. Pendant
qu'elle plongeait et replongeait dans le bassin qui rece-
vait l'eau, les objets qu'elle devait blanchir, elle vit
arriver un individu qu'elle reconnut pour être un des
domestiques du château. Elle lui fit signe de s'approcher.

— Eh ! bonjour, mademoiselle, lui dit Georges,
comment vous portez-vous ? Que je suis content de vous
rencontrer.

— Parlez tout bas, lui dit Mathilde, et ne me nommez
plus mademoiselle, mais traitez-moi comme une étrangère, comme une personne que vous avez rencontrée par
hasard et à laquelle vous demandez des renseignements. Avez-vous des nouvelles de mon père ?

— D'excellentes : le comte est en lieu de sûreté. Il a
trouvé un asile dans une ferme isolée, où jamais on ne
le cherchera. Il a fait comme vous, il a pris le costume

des domestiques et se prête à tous les travaux pour éloigner tout soupçon de lui, au cas que ses ennemis pussent porter leurs investigations de ce côté-là. Valentin est retourné une seconde fois dans la forêt et l'a enfin découvert. Ainsi soyez sans inquiétude sur son sort. Dites-moi maintenant, avez-vous vu madame votre mère? Comment va-t-elle?

— Non, mon cher Georges, je n'ai pas encore pu pénétrer dans son cachot, et cela me désole; mais ce qui me peine le plus, c'est de voir qu'elle ne reçoit aucun soulagement, pas même la nourriture nécessaire pour se soutenir, et cela faute de moyens pour payer. Du pain matin et soir, et un peu de soupe à midi, voilà tout ce qu'on lui donne. J'ai bien de l'argent sur moi, mais comment le lui faire parvenir?

— Et moi, j'ai apporté cinq cents francs par ordre de monsieur le comte; je vais vous les remettre.

— Non pas, mon ami : je ne saurais comment m'y prendre pour les lui faire parvenir; car, si tout d'un coup elle montrait de l'argent, elle qui n'en avait pas a son arrivée, on se douterait de quelque chose, et cela la compromettrait, ainsi que moi.

» Voici ce que nous allons faire. Quand je serai rentrée, vous viendrez sonner à la porte, vous demanderez à parler au concierge. Vous direz que vous êtes un des employés du château de Lucelle, et que vous apportez de l'argent pour la maîtresse de ce domaine. Vous donnerez vingt francs au concierge, dix à sa femme et dix à sa fille ; mais vous ne ferez pas attention à moi, comme si vous ne me connaissiez pas. Vous prierez bien le concierge d'avoir un peu de soin de la dame, en lui faisant entendre qu'on saura reconnaître ses bontés. Cet homme aime l'argent, et il se laissera adoucir. Ensuite vous reviendrez dans huit jours m'attendre à la fontaine : je tâcherai de m'arranger, afin d'avoir un prétexte et de sortir pour vous parler. N'oubliez rien de tout cela, et retirez-vous maintenant jusqu'à ce que je sois rentrée. »

Georges s'éloigna, et Mathilde, après avoir lavé son linge, rentra dans la prison.

A peine y était-elle arrivée que l'on sonna. Cécile alla ouvrir et fit entrer un individu qui demandait à parler à son père. Le concierge montra d'abord un peu d'humeur en entendant parler de la dame ; mais la vue des brillants écus que le domestique fit rouler sur la tabl apaisa son courroux. Il promit de s'occuper de la *ci-toyenne* de Lucelle, serra l'argent et congédia le domestique. Le cœur de Mathilde tressaillit de joie.

— Nous ne pouvons pas remettre tout cet argent à la comtesse, dit le concierge à sa femme après le départ de Georges; les aristocrates sont rusés. Je pense qu'il suffira de lui dire qu'on a déposé des fonds pour elle chez nous, sans rentrer dans d'autres détails.

— Je ne suis pas de ton avis, mon vieux, répondit la femme, car je ne vois pas ce que nous pourrions avoir à craindre de cette dame, qui est fort douce, et qui paraît souffrir cruellement dans sa position.

Ces dernières paroles percèrent le cœur de Mathilde et lui arrachèrent un soupir involontaire, qu'elle comprima cependant pour ne point se trahir.

— Nous verrons, dit le portier d'un ton sec.

Puis il alluma sa pipe et sortit pour aller fumer dans le corridor, en se promenant. Mathilde pendit son linge dans la petite cour et remit à Dieu le dénouement de cette affaire.

Le soir, le concierge s'adjoignit Mathilde pour l'aider dans la distribution des vivres. Elle le suivit en portant un panier dans lequel se trouvaient du pain blanc et quelques morceaux de viande froide. Déjà plusieurs chambrettes avaient été visitées lorsqu'on arriva enfin dans un cabanon dans lequel Mathilde n'avait jamais pénétré. La porte roule sur ses gonds, le portier entre : dans un coin était assise une femme pâle comme la mort, les yeux rougis par les pleurs qu'elle venait de verser, et jetant à peine un regard sur l'homme impitoyable qui se place devant elle et lui dit :

— Tiens, citoyenne, voilà du pain blanc et de la viande que je t'apporte pour la première fois. Il s'est présenté ce matin un domestique de ton château qui m'a remis quelque argent pour toi. Tu auras, par conséquent, de la soupe chaque matin et de la viande le soir. Tu seras contente, j'espère.

Eléonore ne répondit rien à cet homme, fit une inclination de la tête et se replongea dans ses sombres pensées, d'où l'avait tirée la présence momentanée du geôlier. Elle ne parut pas faire grande attention aux objets qu'on venait de déposer sur sa table; encore moins avait-elle aperçu la jeune fille qui portait le panier.

Mathilde ne put presque s'arracher de ces lieux, où

languissait dans les souffrances morales et physiuues
celle qui lui avait donné le jour. Elle avait vu cette
martyre d'une si belle cause; elle avait vu cette chambre , cette paillasse sur laquelle l'infortunée était condamnée à passer ses nuits; elle avait vu ce dénuement
complet de tout ce qui est nécessaire à la vie; elle avait
pu mesurer toute l'étendue des besoins de sa mère, et
tout son être avait frémi. Etre si près d'une mère, et ne
pouvoir lui parler !!! être devant celle à laquelle on doit
le jour, et ne pouvoir lui dire : Ma mère, voici votre
fille !! quel sort cruel! Ah ! si la fille courageuse avait
pu suivre l'élan de son âme, elle se serait précipitée aux
pieds d'Eléonore pour adoucir , au moins par quelques
paroles , sa position affreuse, mais la prudence ne le
lui permit pas.

Obligée de concentrer en elle-même et son amour
et sa douleur , elle crut devoir attendre que le ciel lui
ménageât l'occasion d'épancher son âme dans le sein de
sa mère ; elle ne différa cependant pas de remercier le
Seigneur des grâces qu'elle avait reçues en ce jour,
ayant eu le bonheur de voir s'améliorer un peu le sort
de sa mère et de contempler les traits de cette femme
chérie.

Mathilde se montra en tout si bonne et si obligeante qu'elle gagna peu à peu la confiance de ses maîtres. Souvent ces derniers comparèrent sa conduite sage et réfléchie avec les manières brusques et le caractère impétueux de leur fille, et le concierge ne put s'empêcher de dire que Mathilde était un ange en comparaison de Cécile. La mère s'applaudissait surtout d'avoir retenu Mathilde à son service, espérant que ses exemples feraient impression sur sa fille, légère et désobéissante. Bientôt il s'établit une certaine amitié entre les deux jeunes personnes. Mathilde usa de l'ascendant qu'elle exerçait sur sa compagne pour la porter au bien et réformer un peu son caractère. Elle demanda au portier la permission d'apprendre à lire à sa fille, ce que celui-ci n'eut pas de peine à lui accorder, surtout comme cela ne devait se faire que dans les moments perdus. Mathilde, d'accord avec la mère, choisit, pour donner ses leçons, les jours où Cécile avait l'habitude d'aller à la danse, lui fit ainsi perdre insensiblement le goût de cet amusement si dangereux, et sut si bien l'occuper à la maison que Cécile ne regretta plus les réunions bruyantes auxquelles elle avait assisté si souvent.

Quelquefois Mathilde glissa dans ses leçons un mot

de Dieu, apprit à son élève quelques petites prières, qu'elles récitèrent ensemble, ainsi que les commandements de Dieu, et lui expliqua d'une manière fort adroite, et en forme de conversation, les principaux mystères de la religion. Elle lui apprit aussi à coudre, à tricoter, à marquer le linge et à broder. Souvent, pendant le travail, elle lui racontait une histoire édifiante et y ajoutait chaque fois quelques réflexions morales pour la former à la vertu.

Un jour Cécile voulut savoir pourquoi chaque personne portait un prénom avant son nom de famille.

— Cela a été sagement institué par l'Eglise catholique, lui répondit Mathilde, afin de nous donner, dans le saint ou la sainte dont nous portons le nom, un modèle à imiter, et de nous engager à pratiquer les vertus de ces amis de Dieu. Ces saints personnages sont en même temps nos intercesseurs dans le ciel auprès du Seigneur. Veux-tu que je te raconte l'histoire de la sainte dont le nom t'a été donné au baptême?

— Oui, oui, tu me feras bien plaisir.

— Sainte Cécile était née à Rome, et issue d'une famille illustre. Elle eut le bonheur d'être instruite, dès sa tendre jeunesse, dans les maximes de la religion chrétienne, et s'appliqua avec un zèle d'autant plus louable à en pratiquer les devoirs que les obstacles qu'elle rencontra auraient pu l'en éloigner.

» Pénétrée du néant des grandeurs de ce monde périssable, elle ferma son cœur à l'attrait du plaisir, et ne rechercha que des biens stables qui devaient la rendre heureuse pour toujours. Pour plaire davantage à Dieu, elle fit vœu de rester vierge et de mener une vie sainte et chrétienne. Ses parents ne pensèrent pas ainsi, et la promirent en mariage à un jeune seigneur, nommé Valérien, qui joignait de grandes richesses à une naissance illustre; mais Valérien était encore païen. Cécile pria Dieu de ne point permettre que le vœu qu'elle avait fait de rester vierge fût jamais violé par elle, et Dieu l'exauça. Cécile fit comprendre à Valérien que c'était une insigne folie d'adorer des dieux qui n'existaient point, et qu'il fallait renoncer au culte de ces êtres imaginaires pour reconnaître le vrai Dieu. Valérien renonça donc aux erreurs de l'idolâtrie, reçut le baptême et devint un fervent chrétien. Cécile convertit aussi son frère Tiburce, ainsi qu'un des employés de la cour, nommé Maxime. Ces conversions frappantes firent de l'éclat : Valérien, Tiburce et Maxime furent dénoncés et

mis à mort pour avoir osé adorer Jésus-Christ, au mépris des divinités de l'empire. Cécile, qui était l'instrument dont s'était servie la Providence pour opérer
ces conversions, fut aussi dénoncée, et reçut la palme
du martyre quelques jours après ses trois glorieux com-
pagnons.

« Tu vois, continua Mathilde, quelle fut la conduite
de cette vierge chrétienne ; tu vois le courage qu'elle
a déployé pour rester fidèle à ses promesses ; tu peux
dès-lors juger de l'ardeur de son amour pour Dieu. Oui,
ma chère Cécile, ta sainte patronne nous a laissé de
beaux exemples de vertus : il faut l'imiter. L'ornement d'une vierge chrétienne, à ce que m'a dit
souvent ma mère, n'est pas une beauté passagère,
encore moins une naissance distinguée ou des richesses qu'un rien peut lui enlever ; mais son véritable
ornement, c'est la vertu. Il faut qu'à l'exemple de
Cécile nous soyons modestes, humbles, douces, com-
plaisantes, retenues, sages et surtout obéissantes à
nos parents. Ce sont là des qualités qui nous font esti-
mer des hommes, et qui nous rendent agréables aux
yeux de Dieu. Il faut y joindre une grande piété ; car
c'est elle seule qui soutient et ennoblit les vertus hu-

maines que nous pratiquerions. Sans la religion point de
vertu solide. »

Cécile avait écouté en silence ces sages avis de Mathilde : elle promit de les suivre, et on remarqua, en effet,
que sa conduite devint plus régulière. Mathilde avait
emporté avec elle *l'Imitation de Jésus-Christ*, ouvrage
charmant, dans lequel elle lisait presque chaque jour
un chapitre. Bientôt elle familiarisa Cécile avec ce
livre admirable, et lui en fit lire quelques passages. La
portière les surprit un jour lisant ensemble le chapitre
suivant.

DES ŒUVRES DE CHARITÉ.

« Il ne faut commettre aucun mal, pour quoi que ce
soit au monde, ni pour l'amour de qui que ce soit ;
mais quelquefois l'on peut laisser une bonne œuvre, ou
la changer en une meilleure, pour l'avantage de ceux
qui en ont besoin.

« Car, par ce moyen, le bien que nous voulions
faire n'est pas perdu, mais il est changé en quelque

chose de mieux. Sans la charité les actions extérieures
ne servent de rien ; mais la chose la plus petite et la
plus vile devient toute profitable lorsqu'elle est faite
par un principe de charité. Aussi Dieu considère bien
moins ce que l'on fait que le motif qui le fait faire.

» C'est faire beaucoup que d'aimer beaucoup ; c'es
faire beaucoup que de faire bien ce que l'on fait. C'est
bien faire ce que l'on fait, quand on songe plus à procurer le bien commun qu'à satisfaire sa volonté. Souvent
l'on prend pour un effet de la charité ce qui n'est qu'une
œuvre de la chair ; car l'inclination naturelle, la volonté propre, l'espérance de quelque profit et le desir de
notre commodité particulière ne manque guère de se
mêler dans nos actions.

Celui qui a une véritable et parfaite charité ne se
recherche soi-même en quoi que ce soit ; il désire seulement que Dieu soit glorifié en toutes choses.

» Il ne porte envie à personne, parce qu'il ne souhaite
aucune joie qui lui soit propre, et que ce n'est point en
lui-même, mais en Dieu seul, qu'il désire trouver
toute sa joie et son souverain bonheur. Il n'attribue au
cun bien à la créature ; mais il le rapporte entièrement

à Dieu, de qui procèdent tous les biens comme de leur source, et dans la jouissance duquel tous les saints trouvent leur repos comme dans leur dernière fin. Oh ! que celui qui aurait une étincelle de la vraie charité sentirait bien que toutes les choses de la terre sont pleines de vanité ! »(1)

Si Mathilde trouvait quelque consolation à instruire dans la religion sa jeune compagne, elle était cependant toujours vivement peinée de n'avoir encore pu parler à sa mère, ni même lui faire connaître sa présence dans ces lieux. Déjà plusieurs fois elle avait accompagné le concierge lors de la distribution des vivres, et chaque fois son âme était troublée à la vue de l'infortunée Éléonore. C'en fut trop pour son cœur, et elle résolut, à quelque prix que ce fût, d'instruire sa mère de son dévouement pour elle. Elle eut donc recours à une ruse qui lui réussit à merveille. Elle écrivit un billet et le glissa dans le pain destiné à sa mère.

---

(1) Liv. 1, chap. XV.

Ce billet était ainsi conçu :

« Chère maman,

» Voilà déjà plusieurs semaines que je me trouve ici dans cette prison en qualité de servante pour vous soulager. Malgré tous mes efforts, je n'ai pu, jusqu'à ce jour, tromper la surveillance du concierge pour vous parler. C'est moi qui l'accompagne ordinairement à midi quand il distribue le pain et la viande aux prisonniers. Mon cœur est brisé de douleur à l'aspect de vos souffrances. Ah! que ne puis-je suivre l'élan de mon âme pour vous arracher au cachot où vous languissez depuis long-temps! Mais ne perdez pas courage, Dieu viendra à votre secours. Papa est en lieu de sûreté, c'est Georges qui me l'a appris; c'est aussi lui qui a apporté l'argent dont vous a parlé le geôlier dans le temps. Si demain vous voyez à la suite de ce dernier une jeune personne en robe brune, c'est votre Mathilde; mais retenez-vous et ne trahissez par aucun geste, par aucun mouvement, le secret que je confie à ce papier; sans cela vous nous compromettriez toutes deux.

« Adieu , chère et infortunée maman : ne vous affligez pas trop, et conservez-vous pour votre toute dévouée,

« MATHILDE.

« A la hâte. »

Éléonore avait reçu son pain et sa viande ; mais quelle fut sa surprise en voyant tomber sur sa table le billet en question ! Vingt fois elle le tourna et retourna en tous sens ; elle ne put en croire ses yeux, et craignit d'abord que ce ne fût un stratagème de ses ennemis pour lui faire faire une fausse démarche et la précipiter dans le malheur. Cependant c'était bien là l'écriture de sa Mathilde, et elle se rappelait, en effet, que la domestique qui accompagnait le concierge portait une robe brune. Ce souvenir la rassura et calma toutes ses ininquiétudes. « Mon Dieu ! s'écria-t-elle en laissant un libre cours à ses larmes, quelle consolation vous me ménagez ! O chère Mathilde ! à quoi ton amour pour moi t'a-t-il portée ! Quoi ! à ton âge, tu as eu le courage de te revêtir de la livrée de la misère pour venir ici servir

en qualité de domestique ! et ton cœur n'a pas reculé
devant l'idée des tourments que te préparait la piété
filiale ! O enfant sublime ! tu t'es soumise à l'abjection
pour soulager ta pauvre mère ! » Puis, se mettant à
genoux, elle continua : « Dieu d'amour ! qui m'avez
donné une fille si aimable et si dévouée, protégez cette
enfant, protégez Mathilde, et ne permettez pas qu'il lui
arrive aucun mal dans cette pénible position qu'elle a
choisie. Si vous avez des rigueurs, versez-les sur moi
seule, mais protégez Mathilde.

Eléonore attendit avec une vive impatience le moment
où elle put enfin revoir sa fille. Mathilde fut de même
préoccupée du bonheur de lire dans les traits de sa
mère l'effet de l'annonce qu'elle lui avait faite. Ce
moment arriva trop tard au gré de toutes deux, et
quelle eût été leur ivresse si elles avaient pu se parler ! Pour la première fois depuis son arrivée dans ce
cachot, la comtesse leva les yeux sur les personnes
qui lui apportaient à manger, et elle eut la consolation de voir Mathilde et de la reconnaître sous son
déguisement. Jamais elle n'avait mangé d'aussi bon
appétit.

Le lendemain soir il y eut grande rumeur dans la prison. Le concierge, qui avait, comme à l'ordinaire, fait une copieuse libation d'eau-de-vie, visita la plupart des chambres des détenus et descendait le grand escalier, lorsque les deux chiens qui l'accompagnaient se ruèrent l'un sur l'autre pour se disputer un morceau de viande qui leur avait été jeté. Il fit quelques pas vers eux pour les séparer, perdit l'équilibre et roula, sans pouvoir se retenir, jusqu'aux bas de l'escalier. Aux cris qu'il poussa tout le monde accourut. Il avait deux fortes contusions à la tête, et s'était presque démis le pied droit.

Mathilde fut une des premières à voler au secours de son maître. On fut obligé de porter le blessé dans sa loge, et le chirurgien fut aussitôt mandé. Les blessures furent examinées. Quoiqu'elles ne présentassent aucun caractère de gravité, le chirurgien déclara que le pauvre homme serait obligé de garder le lit pendant un mois, et de se soumettre à une diète sévère.

Mathilde se multiplia dans cette pénible circonstance, et se dévoua avec un zèle admirable au service

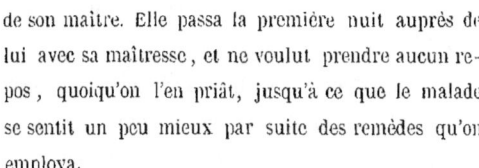

de son maître. Elle passa la première nuit auprès de
lui avec sa maîtresse, et ne voulut prendre aucun repos, quoiqu'on l'en priât, jusqu'à ce que le malade
se sentit un peu mieux par suite des remèdes qu'on
employa.

Le portier était un homme dur, mais il sut apprécier ce dévouement de la jeune servante, et lui promit de la bien récompenser quand il serait rétabli.

— Ce n'est pas pour avoir une récompense que j'ai
agi ainsi envers vous, lui répondit Mathilde, c'est par
principe de charité. Ne sommes-nous pas tous frères
dans ce monde et obligés de nous soulager mutuellement ? Ce serait bien vilain de ma part que de spéculer
sur une récompense, tandis que je ne fais que mon
devoir.

Lorsqu'elle se fut retirée pour quelques moments,
le concierge, que ce langage avait frappé, prit la
main de sa femme et lui dit avec une émotion vi-
sible :

— Je me tromperais fort si cette jeune fille n'appartient pas à quelque grande famille. Ses manières, ses
sentiments, sa conduite, tout enfin en elle annonce une

origine peu commune. Je suis bien aise qu'elle soit venue ici.

— Et moi donc, répondit la femme, je ne sais assez
remercier le bon Dieu de nous l'avoir envoyée, ne serait-
ce que parce qu'elle a bien corrigé notre Cécile. Tu vois,
depuis son arrivée, que notre fille n'est plus si bavarde,
si raisonneuse, si désobéissante et si légère. Il faudra
bien traiter Mathilde pour qu'elle reste avec nous ; car
c'est une enfant de bénédiction, et je félicite les parents
qui ont élevé une fille si vertueuse.

Mathilde rentra avec une tasse de tisane qu'elle avait
fait chauffer et qu'elle présenta à son maître. Celui-ci la remercia, ce qu'il n'avait pas fait jusqu'alors,
et lui dit :

— Je te remercie bien de tes bontés, chère Mathilde!
Tu fais beaucoup pour nous ; mais j'espère que, malgré
les peines que nous t'occasionons, tu n'es pas dégoûtée
de ton service, et que tu resteras avec nous.

— Oui, certainement, je compte rester avec vous tant
que le bon Dieu le voudra.

— C'est bien, mon enfant, répondit le malade ; puis
il but la tisane et reprit : Maintenant écoute bien ce que

je vais te dire. Comme je ne puis pas présider à la distribution des vivres, je te charge de ce soin. Cécile t'ai-
dera, bien entendu. Mais tu sais ce que je t'ai recommandé au sujet des prisonniers. Je compte sur ton exac-
titude.

Mathilde fut donc chargée du soin de distribuer la
nourriture aux prisonniers, et cette annonce la combla d'une joie inexprimable. L'heure de la soupe était
arrivée. Jamais la jeune domestique n'avait franchi avec
plus de précipitation l'espace qui séparait la cuisine des
cabanons des détenus qu'en ce jour. La piété filiale lui
donna des ailes : elle vola, pour ainsi dire, d'une cham
brette à l'autre, et enfin elle se trouva devant le réduit
où languissait l'objet de son amour. La porte crie, roule
sur ses gonds, s'entr'ouvre, et Mathilde est dans les bras
de sa mère.

Je n'essaierai point de retracer ce moment d'ivresse.
Je ne parlerai ni des larmes qui coulèrent de part et
d'autre, ni des douces émotions qu'éprouvèrent cette
mère si heureuse et cette fille si tendre : ces sentiments
ne se décrivent point.

Mais ces moments de bonheur furent de courte durée.

Mathilde fut obligée de s'arracher des bras d'Eléonore,
de crainte que son absence ne fut remarquée. Elle promit de revenir, et cela suffit pour le moment. Comme
on lui confiait les clefs des cabanons, elle combina son
plan.

Dix heures du soir venait de sonner à l'horloge, et
Mathilde, qui avait veillé la nuit précédente, était
rentrée dans sa chambre pour prendre le repos dont
elle avait tant besoin; mais le sommeil avait fui de ses
paupières. Elle prend la clef qui ouvrait le cabanon
de sa mère, dépose ses souliers, se glisse d'un pas
furtif et léger le long des murs silencieux, et se dirige vers celle qui à son tour veillait. C'est l'affaire
de quelques minutes, et Mathilde est dans les bras
d'Eléonore.

— Cette fois, chère maman, je ne vous quitterai pas
de sitôt, lui dit-elle tout bas, nous avons la nuit pour
nous; mais parlons à voix basse pour ne réveiller personne dans le voisinage.

Et elle s'assit sur la paillasse à côté de sa mère.

Ce fut un spectacle touchant et sublime à la fois que
la réunion de ces deux êtres, épanchant leurs douleurs

pendant les ténèbres de la nuit, se communiquant leurs peines et leurs secrets, mesurant chaque parole, obligés de concentrer leur bonheur pour ne point se trahir. On eût dit deux viles criminelles conspirant ensemble contre la société, et se livrant, au milieu des horreurs de la nuit, aux machinations les plus infâmes. Que de choses elles avaient à dire! que de communications à se faire! que de secrets à se révéler! L'une admirait le dévouement du jeune âge, l'autre, la résignation et le calme d'une bonne conscience. L'une bénissait Dieu de lui avoir donné une fille si vertueuse, si héroïque, l'autre priait le Seigneur de fortifier la vertu souffrante. Aucune ne voulut le céder à l'autre en dévouement; chacune se défendait, chacune prétendait n'avoir rien fait.

Quatre heures s'étaient écoulées depuis la présence de Mathilde au cachot de sa mère, lorsque Eléonore lui dit enfin :

— Il est temps de nous séparer, ma fille : deux heures viennent de sonner, tu as besoin de repos. A ton âge le sommeil est nécessaire, et tu t'exposerais à tomber malade.

Mathilde fut forcée de se rendre aux raisons de sa
mère, la serra de nouveau dans ses bras, et, après lui
avoir promis de faire tout son possible pour améliorer
son sort, elle referma la porte et regagna sa chambre,
où elle ne tarda pas à s'endormir.

Depuis ce moment la pauvre Eléonore se soumit avec
une patience plus grande encore à son triste sort. Le
dévouement de sa fille lui inspira un nouveau courage, et sa confiance dans le Seigneur s'accrut aussi.
L'avenir ne lui parut plus si sombre et si menaçant, et,
quoiqu'elle ne prévît pas encore l'issue de l'accusation
des indignes commissaires du gouvernement, elle se
rassura un peu. Souvent elle versa des larmes de tendresse au souvenir des vertus de Mathilde ; elle ne cessa
de remercier le Seigneur de lui avoir donné une enfant
si héroïque.

La comtesse coula donc des jours moins pénibles dans
sa prison depuis qu'elle eut le bonheur de voir sa fille.
Mathilde, de son côté, n'omit rien de ce qu'elle pouvait
faire pour les soulager ; et le vieux Georges, qui venait
régulièrement en ville chaque semaine, la seconda parfaitement à cet effet. Il apporta du château sur une voi-

ture un lit, qui fut placé dans le cabanon de la captive,
du linge à son usage, des habits pour changer les autres qui s'usaient, et un tonnelet de vin pour la dame.
Chaquefois il y ajoutait un présent pour le concierge et
sa famille, ce qui le recommandait puissamment.

Mathilde ne paraissait en rien dans tout cela, quoique
ce fût elle qui, par un billet glissé dans la main de
Georges, apprît à ce dernier ce qu'il devait apporter
chaque fois. Elle parvint aussi à faire obtenir pour sa
mère quelques livres d'histoires et de prières, du papier, des couleurs, des pinceaux, afin que la pauvre
Eléonore pût s'occuper, se distraire, et passer un peu
plus agréablement le temps, qui auparavant s'était
écoulé si triste pour elle.

Un jour Georges remit à Mathilde, de la part du
comte, une lettre pour la comtesse, dans laquelle le
noble seigneur apprit à son épouse qu'il tenait de source
certaine qu'on allait bientôt la juger. Après avoir cherché à lui inspirer du courage, il lui laisse entrevoir le
peu d'espérance qu'il avait de la revoir jamais dans ce
monde, et finit par ces paroles : « Au moment où vous
allez paraître devant le tribunal infâme qui doit pro-

noncer sur votre sort, souvenez-vous, mon épouse
bien-aimée, que Jésus-Christ, notre modèle, a aussi
été traîné, la veille de sa mort, devant les tribunaux
de Jérusalem ; que là il a été traité de séducteur du
peuple, d'ennemi de sa nation ; qu'il a été calomnié,
méconnu, battu de verges, couronné d'épines, foulé
aux pieds et enfin conduit à la mort par une soldatesque
effrénée, et que, jusqu'à son dernier soupir, ses lâches
persécuteurs n'ont cessé de l'outrager. Eh bien! chère
et infortunée Eléonore, à la vue de ce modèle si parfait,
de cet héroïsme qu'il a fait paraître, de ce silence dont
il a donné l'exemple durant le cours de sa passion, de
ce pardon si généreux qu'il accorde à ses bourreaux,
quels sentiments doivent surgir dans votre cœur? Ceux
d'une noble imitation. Et quand même la nature mur-
murerait, quand même le souvenir de votre innocence
se réveillerait avec force dans votre conscience, rappelez-vous que le Fils de Dieu était l'innocence même, et
que cependant il a daigné souffrir; rappelez-vous ces
belles paroles que votre fille lut dans la soirée même de
notre séparation : « *Bienheureux ceux qui souffrent persécution pour la justice, parce que le royaume des cieux
est à eux.* » Soumettez-vous donc de tout votre cœur à

la volonté de celui qui ne vous abandonnera point. Jamais chrétien n'est plus grand que quand il est aux prises avec l'adversité. Faites à Dieu le sacrifice de votre vie ; car vous la retrouverez dans une terre meilleure, où il n'y aura plus de méchants pour vous la ravir. »

Le comte signa simplement sa lettre sans faire d'autres adieux à son épouse : son cœur était trop vivement ému, comme il l'avoua plus tard. Cette annonce fut un un coup de foudre pour la pauvre Eléonore : elle s'attendait depuis long-temps à être jugée, mais elle s'était toujours flattée d'échapper aux rigueurs d'une condamnation capitale, ne prévoyant point sur quoi on la motiverait ; mais la lettre de son mari renversait toutes ses espérances. Dès-lors elle se regarda comme une victime sur laquelle était levée la hache de ses impitoyables bourreaux. Elle devint triste, ne voulut presque plus prendre de nourriture, et se prépara à la mort.

Il n'est pas nécessaire de rapporter ici tout ce que fit Mathilde pour dissiper les craintes de sa vertueuse mère et pour calmer ses peines. Comme pendant le jour elle ne pouvait s'arrêter long-temps auprès d'elle, les nuits

furent choisies pour y suppléer. Ah ! combien de moments la pieuse fille déroba à son sommeil pour lui
prodiguer des consolations ! Que d'efforts elle fit pour la
rassurer ! que de pieuses ruses elle imagina pour lui
inspirer de la confiance ! Mais Eléonore ne voulut rien
entendre, et, convaincue que tout allait finir pour elle
ici-bas, elle ne s'occupa plus que de l'éternité. Qu'elle
eût été heureuse de voir un prêtre pour faire à ses pieds
l'aveu de ses fautes ! Sa conscience ne lui reprochait sans
doute pas de fautes graves ; mais quelle est l'âme qui
ne tremble point lorsqu'il s'agit de paraître devant le
juge suprême, devant celui qui juge les justices elles-
mêmes ?

La comtesse fit part à Mathilde de son désir de voir
un ministre des autels, et cette dernière lui répondit
avec feu :

— Cessez donc, chère maman, de parler toujours de la mort : vous ne succomberez point sous la
rage de vos ennemis ; car je vous dis, moi, qu'avant de
faire tomber la tête de la mère, on sera obligé de faire
tomber celle de la fille.

Eléonore ne vit dans ces paroles prononcées avec tant d'énergie qu'un effet de l'imagination préoccupée de sa fille ; elle ne put concevoir ce que cette enfant, que la loi même n'atteignait pas encore, serait en état de faire pour mériter la mort avant elle.

Cependant le concierge était toujours retenu dans son lit par suite de la chute qu'il avait faite. Sa santé ne se rétablissait pas aussi vite qu'on l'avait cru, parce qu'il ne se soumettait point, comme il l'aurait dû, aux ordonnances du médecin. Pendant quelques jours il avait observé la diète, mais son penchant à la boisson se réveilla, et il lui fallut chaque jour, bon gré mal gré, avaler son verre d'eau-de-vie. C'était Cécile qui lui fournissait sa boisson chérie à l'insu de sa mère : les remèdes n'opérèrent donc pas ou du moins ils firent peu d'effet. Tout allait bien dans la prison, et l'on ne s'apercevait presque point de l'absence du geôlier, lorsque se présentèrent un jour deux membres du tribunal révolutionnaire, demandant à communiquer avec plusieurs des personnes arrêtées. Le concierge s'excusa de ne pouvoir accompagner les deux citoyens et montra sa jambe. Les commissaires se rendirent dans différentes

chambres pour signifier aux prisonniers qu'ils eussent
à comparaître devant le tribunal à tel jour. Du nombre
des personnes assignées fut aussi la pauvre mère de
Mathilde. Cette dame avait écouté avec calme le réquisi-
toire qu'un des commissaires avait lu devant elle, et ne
fit qu'une question, qui fut de savoir s'il lui serait permis de se défendre.

— Oui, oui, répondirent les deux hommes du pouvoir, chaque accusé a ce droit.

— Cela suffit, dit la comtesse.

Deux jours après on vint extraire Eléonore de son cachot pour la conduire au tribunal. Ce même jour
Georges s'était présenté avec de nouvelles provisions.
Lorsqu'il les remit à la femme du geôlier, celle-ci en
parla à son mari, qui répondit d'un ton sec :

— Ah! pour celle-là, je crains bien qu'il ne lui en
revienne plus grand'chose; on va la juger dans ce moment. » Mathilde, qui avait entendu ces paroles, frémit
et poussa un profond soupir; ce qu'on n'attribua toutefois qu'à son bon cœur et à la compassion que lui avait
inspirée la dame. Elle suivit Georges pour lui ouvrir la
porte de la prison et lui dit :

-- Georges, allez au tribunal et suivez bien l'affaire de ma mère ; si malheureusement elle est condamnée à mort, retournez sur-le-champ au château, et apportez-moi pour demain les habits les plus sales de la vieille Magdeleine, une de nos femmes de charge.

— Et que voulez-vous donc faire des guenilles de Magdeleine ? demanda Georges surpris.

— Je ne puis vous le dire à présent ; mais demain vous saurez tout. Allez, et priez Dieu pour ma mère.

Georges se retira.

A peine Mathilde était-elle rentrée que l'on sonna de nouveau. La porte s'ouvrit : deux gendarmes amenèrent un vénérable ecclésiastique qui pouvait à peine se soutenir et qu'on fut obligé de conduire par le bras au cachot qui lui était destiné. « C'est du bon gibier que ce vieux prêtre-là, dit un gendarme d'un ton sardonique ; son affaire est bonne : on l'a arrêté hier pendant qu'il disait la messe. » Laissons maintenant la pauvre Mathilde en proie aux angoisses les plus terribles ; et suivons sa mère devant le tribunal où elle a comparu.

Les juges, revêtus des insignes de leur dignité, étaient assis autour d'une table ; à leur droite était le banc des accusés entouré de gendarmes. Eléonore s'y trouvait seule, sans amis, sans défenseurs. La vaste salle était encombrée de curieux, dans les traits desquels on lisait la part qu'ils prenaient à ce spectacle. Lorsque le silence se fut établi, le greffier lut à haute voix l'accusation. La comtesse prêta la plus grande attention pendant la lecture de cette pièce singulière. Plusieurs fois elle sourit de pitié en entendant les misérables prétextes et les futiles raisons sur lesquels reposait l'accusation.

Le greffier ayant achevé la lecture, le président dit à la dame de se lever et lui demanda ses nom, prénoms, qualités, âge, lieux de naissance et de domicile. Eléonore répondit à toutes ces questions avec beaucoup de fermeté. Alors le président lui dit :

— Citoyenne, tu es accusée d'avoir conspiré contre la patrie, d'avoir reçu chez toi des prêtres non reconnus par la loi, d'avoir favorisé l'évasion de ton époux atteint par la loi, et de t'être soustraite toi-même par la fuite lorsque tu étais en état de suspicion, en trompant la vigilance des commissaires envoyés pour arrêter ton mari. Qu'as-tu à répondre à tous ces faits ?

— Un seul mot, citoyen, répondit la comtesse : je demande qu'on prouve tout ce qu'on m'impute.

— Tu demandes des preuves ? les voici, répondit le président en lui montrant l'acte d'accusation.

— Ce sont là des preuves ? s'écria la dame. Non, non, dans aucune nation civilisée on ne regarde comme des preuves une accusation vague portant sur des faits imaginaires. Qu'on produise des témoins qui déposent que j'ai en effet conspiré contre la patrie, que j'ai recélé des prêtres, que j'ai favorisé l'évasion de mon époux. Celui-ci était absent au moment de l'arrivée des commissaires. Quant à moi, j'avoue que j'ai cherché à prendre la fuite, mais ce ne fut point parce que j'avais à me reprocher quelque faute ou quelque crime, ce fut pour me mettre à l'abri des persécutions d'hommes mal intentionnés et pour échapper aux traits de leurs calomnies. Tant qu'on ne prouvera pas par des faits les imputations dont je suis l'objet, je ne me croirai pas obligée de faire de réponse ultérieure.

— Je t'ai déjà dit que les preuves sont là : sache que celles-là nous suffisent pour condamner une aristocrate comme toi, répondit le président.

— Eh bien ! réprit la comtesse d'un ton imposant, eh bien ! pourquoi donc ces formalités ? pourquoi ce simulacre ? Puisque vous croyez pouvoir me condamner sur des calomnies, prononcez sur-le-champ, et ne me forcez pas à subir plus long-temps votre présence. Je m'attendais à ce que cette affaire prît une telle tournure, parce que je sais qu'en entrant dans cette enceinte, où brillent à la vérité les emblêmes de la justice, mais d'où la justice elle-même a été bannie, je sais, dis-je, qu'en franchissant ce seuil, il faut déposer toute espérance. Si mon sort a été décidé d'avance, pourquoi m'amener ici et m'abreuver d'amertume ? Vous pouviez me faire assassiner dans mon cachot ; vous auriez du moins évité de montrer au grand jour votre infamie et votre injustice révoltante.

— Je t'engage à modérer tes paroles, reprit le président, ou crains notre colère.

— Votre colère ! je ne la crains point, hommes sanguinaires et prévaricateurs ! Quoi ! vous cherchez à intimider une femme faible et abandonnée ! Ah ! vous vous trompez : la comtesse de Lucelle ne craint que Dieu et le péché ; elle n'a jamais tremblé devant les

hommes. Vous pouvez la faire mourir, elle est prête.
Et qui êtes-vous donc, vous qui vous dites les juges
de vos semblables? Vous êtes assis sur les siéges où
naguère brillaient la vertu, l'équité, la compassion,
tandis que maintenant c'est le vice, l'injustice et la
barbarie qui les souillent. Vos mains dégouttent du
sang de l'innocence que vous avez versé; vous vous
jouez de la vie des infortunés que vous arrachez impitoyablement à leurs foyers et à leurs familles, pour
les immoler à votre aveugle vengeance! Vous êtes des
juges, et vous condamnez vos semblables sans les
convaincre d'aucun crime? Eh quoi! vous ne craignez
point que l'ombre de ces martyrs de la foi et de la vertu
ne vienne vous poursuivre dans ce lieu même où votre
bouche a prononcé leur arrêt de mort, pour vous rappeler vos crimes et votre félonie? Vous êtes ici pour me
juger! Maintenant tout est changé; car c'est moi qui
vous juge, et vous êtes descendu depuis long-temps au
rang des coupables. Le sang qui fume partout dans votre patrie vous accuse hautement. L'histoire déposera
un jour contre vous; la postérité vouera à l'exécration
vos noms flétris par l'opinion de tous les peuples civili-
sés; ces places sur lesquelles souvent vous faites dres-

ser l'instrument de votre fureur vous dénonceront elles-mêmes et vous couvriront d'opprobre; vos fronts sont depuis long-temps stigmatisés du sceau de l'infamie. Vous êtes des juges, et vous tremblez devant une femme qui vous confond? Votre silence, votre respiration, qui semble s'arrêter sur vos lèvres, votre confusion vous trahit; tout vous accable, malgré l'appareil redoutable qui vous entoure. Allez maintenant, hommes barbares, prononcez sur mon sort, mais prenez-y garde; car vous prononcerez votre propre arrêt. Il est une autre justice à laquelle personne n'échappera et où les victimes attendent leurs bourreaux. Trempez vos mains dans le sang d'une femme innocente qui saura mourir et vous pardonner pour vous laisser en proie aux remords les plus cuisants jusqu'au jour suprême où le juge incorruptible rendra à chacun selon ses œuvres.

Pendant cette apologie énergique, un silence majestueux avait régné dans la salle. Ces rudes apostrophes, prononcées avec cette véhémence qui naît du souvenir de l'innocence, étaient sans réplique. Eléonore avait cessé de parler, et tous les regards continuaient d'être fixés sur elle. Ses paroles foudroyantes, dont les voûtes semblaient redire avec plaisir le son, avaient fait la plus profonde impression sur tous les assistants.

Jamais accusé ne s'était défendu avec tant de chaleur. Tous ceux qui, pendant ces temps de terreur, furent traînés sur ces mêmes bancs, désespérant de fléchir leurs juges, s'étaient retranchés dans un silence absolu, et voici qu'une femme ose la première braver la colère de ses juges, soulever le voile qui couvre tant de scélératesse et les faire rougir devant leurs contemporains.

Cependant la rage succéda à la honte. La comtesse s'était assise pour essuyer ses larmes et la sueur qui ruisselait de son front. Ce silence magique, qui régnait encore, semblait être un indice approbateur de son langage, lorsque le président, pour terminer cette séance si courte et pourtant si mémorable, se leva, l'œil enflammé de colère, se retira avec les juges dans la salle de délibérations. Le dépit était peint dans les traits de ces hommes qui venaient de recevoir une si terrible leçon. Un quart-d'heure après ils sortirent, et le président prononça le jugement. Eléonore fut condamnée à mort pour avoir , outre les griefs mentionnés plus haut , injurié la justice et commis ainsi le crime de lèse-nation.

La comtesse , en entendant cette sentence inique, leva au ciel les yeux rougis de pleurs et dit :

— Pardonnez-leur, ô mon Père , ils ne savent ce qu'ils font.

Le jugement portait qu'elle serait exécutée dans trois jours.

Eléonore fut ramenée dans sa prison. Mathilde reconnut à sa démarche languissante et à son abattement qu'elle avait été condamnée, quoiqu'on n'eût rien à lui reprocher. Dès que la dame fut rentrée dans son cachot, la femme du geôlier enjoignit à Mathilde de lui apporter à manger.

Mathilde lui demanda comme une grâce de passer quelques moments auprès de la condamnée pour lui donner quelques consolations.

— Je te le permets volontiers , lui répondit cette femme ; mais tu n'y resteras qu'un quart-d'heure, et tu n'en parleras pas à mon mari : il se fâcherait.

Mathilde vola au cachot

— Oh ! ma pauvre maman, lui dit-elle en se jetant dans ses bras, quelle nouvelle m'apportez-vous ?

— Mathilde, ma fille, répondit l'infortunée en couvrant sa figure de ses mains, dans trois jours tu n'auras plus de mère.

— O ciel ! serait-il vrai ! Ils vous ont condamnée ! Mais que cette sentence inique ne vous effraie point ; vous ne périrez point de la mort des criminels.

— Chère enfant, ne t'abuse pas ainsi : ce jugement ne me déshonore point ; car Dieu sait que je suis innocente : d'ailleurs je ne crains point la mort, et, quoiqu'il faille la subir sur l'échafaud, j'aime mieux mourir ainsi que de vivre comme les scélérats qui m'y envoient. Mais toi, bonne Mathilde, que vas-tu devenir ?

— Ne vous inquiétez ni de vous ni de moi ; vous ne périrez point sur l'échafaud. Prenez maintenant votre repas, et mettez votre confiance dans le Seigneur.

Mais la malheureuse comtesse n'avait point d'appétit : et comment aurait-elle pu manger après ce qui venait de se passer ? Elle repoussa les mets, prit les mains de Mathilde dans les siennes, et d'une voix entrecoupée de sanglots, elle lui dit :

— Chère amie, écoute les derniers avis d'une mère qui va bientôt être enlevée à ton amour. Tu vois que tout va finir pour moi dans ce monde.

— Non, non, maman, répondit Mathilde, vous ne mourrez pas encore ; je vous l'ai déjà dit. Vous saurez plus tard ce que votre fille a fait pour vous. Les moments ne me permettent pas d'exposer tout cela sur - le - champ, mais ce soir vous apprendrez tout.

— Et que peux-tu donc faire pour moi, bonne Mathilde ? Tout ce que j'aurais à désirer ce serait d'avoir un prêtre pour me confesser.

— Ce désir, ma mère, pourra être satisfait. Pendant que vous étiez au tribunal ce matin, on a amené un prêtre respectable qu'on a surpris en célébrant les saints mystères. Il est enfermé à deux pas d'ici. Quand je lui apporterai la soupe, ce soir, je le prierai de se rendre auprès de vous pour entendre votre confession : j'espère qu'il ne vous refusera pas ce service. Maintenant je vais vous quitter, de crainte qu'on ne s'aperçoive de mon absence.

Cette résignation, cette espérance de Mathilde, la surprirent au dernier point. Elle eut beau réfléchir, elle ne put deviner l'énigme, et n'attribua cette disposition qu'à l'imagination exaltée de sa fille. Dès ce moment elle tourna plus que jamais toutes ses pensées vers l'éternité, et se prépara à aller rendre compte à Dieu de sa vie. Elle repassa dans l'amertume de son cœur toutes les fautes qu'elle eut à se reprocher, en demanda humblement pardon à son Dieu, et répandit des larmes bien sincères au souvenir de ses faiblesses. Quoiqu'elle eût toujours mené une vie très-chrétienne, elle découvrit cependant bien des taches, elle reconnut beaucoup d'imperfections auxquelles elle n'avait pas fait attention pendant le cours de sa prospérité. Ah! c'est qu'on juge autrement à l'approche de la mort, lorsque l'âme, se dégageant de l'impression des sens, se présente aux portes de l'éternité. Alors le prestige tombe, les idées se rectifient, la vérité se fait connaître, et la conscience reprend tout son empire.

A genoux devant son lit, la comtesse continua de

fouiller les plis les plus cachés de son âme pour découvrir jusqu'à la moindre de ses fautes. Son cœur se dilate devant son Dieu au souvenir des grâces qu'elle en avait reçues, et cette considération la combla d'une joie indicible. Plus elle s'anéantissait devant le Seigneur, et plus le ciel semblait s'abaisser jusqu'à elle pour la remplir de consolation. Jamais elle n'avait prié avec tant de ferveur que dans ce moment, où, n'ayant plus rien à espérer du monde, elle reportait toutes ses espérances vers les tabernacles célestes.

Il est des moments sublimes où l'âme fidèle, dépouillée des impressions grossières de la terre, s'élance sur les ailes de la foi et de la prière jusqu'au trône de son Créateur, où elle se perd, pour ainsi dire, dans la contemplation des perfections divines; moments qu'elle ne changerait pas contre les fades douceurs de la terre, où tout ce que les hommes convoitent lui paraît si petit qu'elle ne peut que le mépriser et en détourner les regards : tels furent les moments précieux que la pieuse comtesse passa dans l'union intime avec le Seigneur. La mort semblait s'acharner contre elle, et cependant elle était calme : le passage du temps à l'éternité n'avait point de terreur pour elle, l'horreur même du tombeau ne l'effrayait point, parce qu'elle voyait briller l'espérance de l'immortalité. Le supplice qu'elle devait subir lui paraissait un moyen d'effacer les souillures de ses péchés, et elle comptait, retrempée ainsi par une mort innocente, se présenter pure devant le Seigneur et être admise à la participation des jouissances éternelles.

Elle avait terminé l'examen de sa conscience, et, comme le jour n'était pas sur son déclin, elle prit du papier et écrivit une lettre touchante à son mari. Elle eût été heureuse de le voir lui-même et de lui exprimer de vive voix sa reconnaissance et son amour, mais cette consolation ne put lui être accordée. D'une main tremblante elle traça ses derniers adieux à l'homme estimable qui avait fait le bonheur de sa vie par ses aimables qualités. Elle lui demanda de nouveau pardon des peines qu'elle lui avait causées pendant leur union, et l'assura de ses sentiments réciproques. Elle lui recommanda ensuite leur fille, le conjurant d'avoir soin de son éducation et de veiller sur elle, afin qu'elle ne s'écartât jamais du sentier de la vertu et de la religion. Elle pria son époux de pardonner à ceux qui la faisaient mourir, comme elle leur pardonnait elle-même, et finit

par lui demander de ne jamais songer à venger sa
mort.

Le papier sur lequel furent écrites ces tristes lignes
était trempé des pleurs de l'infortunée ; ce fut là comme
le dernier gage d'amour qu'elle laissait à son époux
désolé,

Cependant Mathilde ne perdit pas de vue sa mère ; et
que n'aurait-elle pas fait pour elle ! Lorsque, le soir, elle
apporta la soupe aux prisonniers, elle n'oublia pas ce
qu'elle avait promis à Eléonore ; et, en entrant dans le
cachot du prêtre, elle salua cet homme respectable, lui
demanda comment il se portait et lui souhaita un bon
appétit. Le ministre des autels fut tout surpris de cette
politesse à laquelle il ne s'était pas attendu dans sa prison, et lui répondit avec beaucoup d'affabilité. Mathilde
lui dit :

— J'ai maintenant une grâce à vous demander, et
j'espère que vous ne me la refuserez pas, Monsieur.

— Une grâce ! s'écria le saint vieillard ; et que peut
faire pour vous un pauvre prisonnier ?

— Je voudrais me confesser, et ensuite je vous prierai de rendre le même service à une dame qui est en-

fermée à deux pas d'ici et qui a été condamnée à mort
ce matin. Elle est désolée, cette infortunée, et a besoin de consolations. Si vous voulez me permettre de
venir vous trouver quand il fera nuit, je vous ferai
ma confession, et je vous conduirai ensuite chez la
dame.

— N'est-ce pas un piége que vous me tendez, mon
enfant ?

— Oh ! Monsieur ! s'écria la jeune fille en se jetant
aux pieds du prêtre et en pressant contre ses lèvres la
main du vénérable confesseur de Jésus-Christ, n'ayez
aucune crainte ; je ne voudrais pas vous compromettre,
j'aimerais mieux mourir.

Ce ton humble et suppliant, ces marques de sincé-
rité, rassurèrent le prêtre : il tendit la main à Mathilde
et lui dit :

— Levez-vous, mon enfant ! j'accède à vos désirs ;
qu'ai-je d'ailleurs à craindre ? je serai également condamné à mort, puisque je n'ai pas voulu prêter le serment exigé par les hommes du pouvoir et que j'ai été
arrêté en célébrant les saints mystères. Ainsi vous pou-

vez revenir pour vous confesser ce soir ; j'irai ensuite entendre la confession de la dame.

Mathilde s'éloigna contente, et alla aussitôt trouver sa mère. Elle lui fit part de ce qu'elle savait, et lui annonça qu'elle viendrait passer une partie de la nuit avec elle pour lui confier d'importants secrets.

Sur les dix heures, Mathilde alla se présenter au cachot du prêtre et fit sa confession. Lorsqu'elle l'eut achevée, elle conduisit, dans le plus grand silence, le ministre des autels au cabanon de sa mère, referma doucement la porte et se retira dans un coin du corridor, où elle se mit en prières. La confession d'Eléonore dura assez long-temps. Enfin le prêtre du Seigneur prononça sur elle l'absolution et la réconcilia avec Dieu. Pénétrée de reconnaissance, l'humble pénitente, prosternée aux pieds du saint ministre de Jésus-Christ, lui demanda comme une dernière grâce de se souvenir d'elle dans ses prières et de lui donner encore sa bénédiction quand on la conduirait à l'échafaud. Le prêtre promit tout et se retira singulièrement édifié de la foi vive et des belles dispositions de la dame.

Eleonore se leva consolée et heureuse, forte des grâces

qu'elle venait de recevoir, et prête à affronter la mort.
Elle s'agenouilla de nouveau pour remercier le Seigneur
des faveurs qu'elle avait obtenues dans le sacrement de
pénitence. Lorsque Mathilde vint la rejoindre, elles
s'assirent sur le lit, et la comtesse prit la parole.

— Maintenant, ma fille, lui dit-elle, mon compte est
réglé avec le ciel ; je n'ai plus rien à faire ni à désirer
sur la terre. Ecoute donc les derniers avis d'une mère
mourante. D'abord je ne puis que témoigner ma reconnaissance à Dieu de toutes les bontés dont je fus l'objet
pendant ma vie. Voilà trente-huit ans que j'erre dans
cette vallée de larmes. Qui aurait cru, il y a dix-huit
ans, lorsque je devins l'épouse de ton père, que je dusse
un jour terminer ma vie sur un échafaud ? Mais adorons
les décrets impénétrables de la Providence : quelquefois
le Seigneur paraît nous accabler de rigueurs, et ce sont
des grâces qu'il nous accorde et dont nous ne connaissons le prix que plus tard. Peut-être une plus longue
vie m'eût-elle été funeste : en me retirant maintenant du
monde, Dieu me donne une grande preuve de son
amour, puisqu'il me préserve de nouveaux dangers et
me réunit à lui dans le ciel. C'est assez te dire, ma fille,

qu'il ne faut compter sur rien dans ce monde où rien
n'est constant que l'inconstance.

» Oui, je reconnais plus que jamais la vérité de ces
paroles de Salomon, *qu'ici-bas tout est vanité, excepté
aimer Dieu*. J'ai joui de tout ce qui peut contenter les
désirs des mortels, et, au moment où j'ai cru mon bonheur assuré, un orage est venu fondre sur moi pour
briser les liens qui m'attachent à la terre. O ma fille !
n'oublie jamais cette terrible leçon que le Seigneur nous
donne. Tu vois à quoi l'on est exposé; mais, quand on
est en paix avec Dieu, on ne craint point les méchants,
ni leurs œuvres ténébreuses. Reste toujours fidèle à la
religion catholique, ne te laisse jamais séduire par les
sophismes de ceux qui déclament contre elle, et sou-
viens-toi que cette auguste fille du ciel ne compte tant
d'adversaires que parce qu'elle fait la guerre aux pas-
sions. Si tu suis les préceptes de ta religion, si tu as
souvent recours aux grâces qu'elle t'offre en t'approchant avec foi et amour des sacrements, tu ne manque-
ras pas d'être heureuse, quand même tout l'univers
conspirerait contre toi; car pénètre-toi bien de cette
vérité, que le véritable bonheur de l'homme ne consiste
pas dans les biens et les richesses de ce monde, mais

dans la paix de l'âme, dans le contentement intérieur,
dans l'union intime avec Dieu. Tu me promets, ma fille,
de ne jamais t'écarter de la voie de la piété et de la
vertu, n'est ce pas? Oui, tu me le promets, et alors je
mourrai tranquille, emportant avec moi la douce espérance de laisser une fille digne du nom qu'elle porte et
appelée à jouir dans le ciel des récompenses promises à
ceux qui combattent avec courage pour la cause de
Dieu. »

Eléonore se pencha vers sa fille pour la presser contre
son cœur. Mathilde était restée immobile et comme
plongée dans une rêverie. La pauvre mère ne sut à quoi
attribuer ce silence et lui témoigna sa surprise. La fille
généreuse se détacha des bras d'Eléonore, et se précipitant à ses pieds :

— Ma mère, lui dit-elle, permettez-moi de vous ouvrir mon cœur et de vous faire part de ce que j'ai combiné pour vous délivrer.

— Parle, lui répondit Eléonore, et lève-toi.

Mathilde s'assit de nouveau à côté de sa mère et lui
dit :

— Depuis long-temps je savais que vous deviez être condamnée à mort : quelques paroles prononcées par le geôlier me révélèrent le sort qui vous attendait. L'idée de vous voir sitôt enlevée à mon amour me réduisit au désespoir. Je puis vous l'avouer, ma mère, depuis le moment où je crus votre vie menacée, je ne tenais plus moi-même à la terre. Cette apparence de calme que vous remarquâtes en moi n'était qu'une tranquillité affectée; car mon âme était totalement bouleversée. J'eus recours à la prière pour supporter le poids du chagrin qui me dévorait. Ce fut pendant une nuit orageuse que, ne pouvant goûter les douceurs du sommeil, je me mis à implorer les miséricordes du Seigneur sur vous. J'étais agenouillée au pied de ma couchette, mon cœur battait avec force : tour à tour agitée par la crainte et par l'espérance, je conjurai le Dieu d'amour de ne point permettre que vous fussiez victime de la méchanceté de vos ennemis. Je m'offris à subir la mort à votre place, et je fis à Dieu le sacrifice de ma vie, lorsque j'entendis une voix intérieure qui me dit que je pouvais vous sauver. En même temps se développa dans mon esprit un plan que Dieu m'inspira et dont l'exécution sera d'autant plus facile que j'ai pris d'avance toutes mes mesures.

Les voici. Nous sommes obligées, Cécile et moi, de laver tous les corridors de la prison. Depuis la maladie du concierge, n'ayant pu suffire à tout, nous avons appelé une pauvre femme du voisinage. C'est demain le jour où doit avoir lieu le lavage. Comme la femme en question est elle-même malade, ce que le geôlier et les siens ignorent toutefois, je laverai moi-même le corridor sur lequel est situé votre cachot. Pendant que je serai occupée de cette besogne, vous changerez d'habits ; et voici comment. Georges m'a apporté du château une robe et autres effets de la vieille Magdeleine, qui vont parfaitement à votre taille. Sous ce déguisement il sera impossible de vous reconnaître. Quand j'aurai terminé ma besogne, vous prendrez sur votre tête le baquet d'eau qui m'aura servi, vous sortirez de la prison, que je vous ouvrirai, et vous irez vider votre baquet à la fontaine. Là vous trouverez Georges qui est prévenu de tout et qui vous conduira hors de la ville, où vous attendra mon père avec une voiture pour vous transporter à la ferme. Tout est disposé pour cinq heures du soir. Vous échapperez ainsi du danger long-temps avant qu'on ne s'occupe de vous ici.

— Pauvre enfant ! répondit la comtesse en poussant un soupir, tu crois donc que ton plan est exécutable ?

— Pourquoi pas ? Je n'y vois rien qui puisse m'inspirer la moindre crainte.

— Et si l'on venait à me rencontrer en descendant l'escalier et en traversant les corridors ?

— Eh bien ! on vous prendra pour la laveuse, à laquelle vous ressemblerez d'ailleurs sous les haillons que vous porterez ; et moi, j'aurai soin d'écarter Cécile. Quant au geôlier, il n'est pas à craindre puisqu'il garde le lit, et sa femme sera occupée à faire le souper du soir.

— Mais si l'on vient à s'apercevoir de ma fuite ?

— Ne vous inquiétez pas de cela.

— Et si la sentinelle s'opposait à ma sortie ?

— Je vous accompagnerai, je vous ouvrirai moi-même, et dès-lors il n'y aura plus de danger.

— Mais sur qui tombera la faute ? à qui s'en prendra-t-on de mon évasion ? A toi seule, puisque tu as les clefs ! As-tu songé aux suites de tout cela ?

— Peu m'importe qu'on s'en prenne à moi, pourvu que vous soyez sauvée. Et que pourra-t-on me faire ? M

condamner à mort? mais la loi ne m'atteint pas encore. M'enfermer? cela ne m'effraie point : je serais
trop heureuse de donner ma vie pour celle de qui je la
tiens.

— O ma fille ! cesse ce langage, bannis de ton es
prit ce plan qui n'est autre chose qu'un beau rêve. Je
ne fuirai point.

— Vous fuirez.

— Non, ma fille, je souffrirai la mort ; à mon âge on
y est plus disposé qu'au tien.

— Maman ! de grâce, rendez-vous à mes raisons,
conservez-vous pour mon père, pour moi-même, et
profitez de ce moyen si facile pour vous soustraire à la
fureur de vos ennemis.

— Non, tout est inutile, je ne fuirai point : je ne
veux point te compromettre. Mathilde, que cette résistance de sa mère avait plongée dans la plus grande
affliction, se précipita aux pieds d'Eléonore, et, embrassant ses genoux, elle lui dit d'un ton déchirant :

— Je vous en conjure, ma mère, au nom de tout ce
qu'il y a de sacré, au nom de mon père, au nom de la

piété filiale, ne résistez pas à mes larmes, et prenez la
fuite. C'est Dieu lui-même qui m'a inspiré l'idée de vous
être utile, c'est lui qui nous protégera toutes deux.
Vous verrez qu'il ne m'arrivera rien. Les juges, s'ils ne
sont pas des tigres, sauront apprécier mon dévouement
et la pieuse ruse que j'ai imaginée pour vous sauver du
trépas ; je les fléchirai par mes larmes, je désarmerai
leur colère.

— Tu ne les fléchiras pas, ma fille, ces hommes
n'ont point d'entrailles ; je les connais mieux que
toi, et je sais ce qu'on peut attendre de leur aveugle
rage.

— Ecoutez, ma mère : j'ai une dernière réponse à
vous faire et qui dissipera toutes vos craintes. Quand
vous serez en lieu de sûreté, je prendrai moi-même la
fuite ; mais pas demain, pour ne point trahir le secret
de votre évasion. J'attendrai jusqu'au lendemain, et
j'irai en ville sous prétexte d'acheter différentes choses,
comme cela m'est arrivé quelquefois. Je puis bien rester
absente pendant deux heures sans que l'on conçoive le
moindre soupçon, et ce temps suffira pour me dérober
aux recherches de nos ennemis communs. Georges re

viendra pour m'emmener : ainsi tout s'arrangera pour le
mieux, et personne ne sera compromis.

Eléonore, que ce combat de piété avait aussi vivement
émue, pressa sa fille contre son cœur et lui répondit
qu'elle allait peser cette affaire devant Dieu, pour lui
donner le lendemain une réponse décisive. Elle était si
fatiguée qu'elle avait besoin de repos. Mathilde, un peu
rassurée, se retira, espérant que le Seigneur fléchirait
le cœur de sa mère. Elle alla aussi sur son lit ; mais le
sommeil ne voulut point clore ses paupières.

Cependant des nouvelles singulières circulaient par la
ville ; les uns les trouvaient affligeantes, les autres consolantes. On disait que Paris était en pleine insurrection,
que plusieurs membres de la Convention avaient été mis
hors de la loi, et que l'on allait sous peu apprendre des
événements importants. Déjà, quelque temps auparavant, l'on avait vu disparaître un de ces hommes fa-
meux dans les annales de la révolution, Marat, l'ami et
l'idole des sections de Paris. Marie-Anne-Charlotte Corday, née de parents nobles à Saint-Saturnin, en Nor-
mandie, âgée de vingt-cinq ans, grande, spirituelle,
ayant sur sa figure un mélange de douceur et de fierté,
délivra la France de cet homme. Elle avait obtenu avec

peine la permission de le voir, car il était au bain
quand elle fut introduite auprès de lui et entama la conversation. Elle sut avec adresse faire tomber le discours
sur les députés réfugiés dans le Calvados. Marat répondit que dans peu tous ces gens seraient guillotinés à
Paris.

A ces mots, Charlotte Corday tire un couteau qu'elle
tenait caché sous ses habits et le lui plonge dans la poitrine jusqu'au manche. Marat ne put que prononcer ces paroles : « A moi, ma chère amie, je me meurs, » et il
expira.

Corday sortit aussitôt, croyant avoir fait une belle
action, et se laissa arrêter sans aucune résistance. Lorsqu'elle fut interrogée sur les motifs qui la portèrent à
commettre cet assassinat, elle répondit qu'elle avait agi
ainsi pour délivrer la France d'un monstre qui la déso-
lait, qu'elle mourrait contente puisqu'elle avait atteint
son but. Elle fut condamnée à périr sur l'échafaud, et
y monta avec un courage héroïque. La veille de sa condamnation elle avait écrit à son père la lettre suivante :

« Pardonnez-moi, mon cher papa, d'avoir disposé de mon existence sans votre permission. J'ai vengé bien d'innocentes victimes ; j'ai prévenu bien d'autres désastres. Le peuple, un jour désabusé, se réjouira d'être délivré d'un tyran. Si j'ai cherché à vous persuader que je passais en Angleterre ; c'est parce que j'espérais garder l'incognito ; mais j'en ai reconnu l'impossibilité. J'espère que vous ne serez pas tourmenté. En tout cas, vous aurez des défenseurs à Caen. J'ai pris pour le mien Gustave Doulcet. Un telle attentat ne permet nulle défense ; c'est pour la forme.

« Adieu, mon cher papa. Je vous prie de m'oublier, ou plutôt de vous réjouir de mon sort : la cause en est belle. J'embrasse ma sœur de tout mon cœur, ainsi que tous mes parents. N'oubliez pas ce vers de Corneille :

« Le crime fait la honte , et non pas l'échafaud.

« C'est demain à huit heures qu'on me juge.

« Ce 16 juillet 1793.

« M.-C. Corday. »

Elle avait écrit le même jour d'autres lettres, dans lesquelles elle raconta, sans émotion et sans trouble, les traits de cet assassinat, dont elle se félicitait comme d'un service rendu à la patrie. On regarda avec raison cette fille comme un esprit romanesque, égaré par les principes de la philosophie moderne et épris d'une fausse célébrité. Elle avait même de l'horreur pour le crime, et se compara à Brutus, pour délivrer la France d'un scélérat qui, à ses yeux, en était le fléau. Elle refusa de se confesser, et parut faire assez peu de cas des consolations de la religion : elle tira les siennes de la philosophie, qui n'en donne point, et qui laisse le cœur vide.

La mort de la reine Marie-Antoinette porta l'épouvante parmi les détenus et parmi ceux que leur fortune ou leur naissance avait fait remarquer dans le monde. Il n'y en avait aucun qui ne regardât sa propre mort assurée si les usurpateurs la jugeaient nécessaire à leurs projets. Ceux-ci, au contraire, tirèrent de cet événement une confiance en eux-mêmes qui servit à l'affermissement de la révolution. La guillotine, leur dit Barrère, en parlant de la mort de cette infortunée princesse, a coupé là un puissant nœud de la diplomatie des cours de l'Europe.

Cependant l'infortunée Eléonore avait passé une nuit bien agitée. Si, d'une part, le dévouement et la tendresse de sa fille versaient dans son âme ulcérée le baume de la consolation, de l'autre elle était horriblement tourmentée, ne sachant à quoi se résoudre. Elle aurait voulu fuir ; mais la crainte de compromettre sa fille, cet être dont l'existence lui était aussi chère que la sienne, la retenait. Son âme ressemblait à une mer bouleversée de fond en comble par une affreuse tempête : elle ne voyait de salut nulle part ; la fuite lui paraissait impossible, et, si elle ne fuyait pas, la mort était là pour la saisir au passage comme une proie certaine. A peine le jour eut-il pénétré dans son cachot, à travers l'étroite ouverture garnie d'énormes barres de fer, qu'elle s'arracha à sa couche de douleurs. Ses regards se portèrent machinalement sur la petite table où étaient encore placés les vases contenant les restes de son souper frugal. Dans un coin de la chambre étaient déposés des livres que Mathilde lui avait procurés par l'entremise de Georges pour charmer les ennuis de sa captivité. Après

avoir fait sa prière du matin, elle prit un de ces livres
et l'ouvrit; mais il lui fut impossible de lire deux lignes, son esprit ne pouvant se fixer. Elle se livra donc
à mille réflexions, déposa ce livre et prit le Nouveau
Testament, dans lequel elle avait l'habitude de lire
chaque jour un chapitre. Elle continua à la même page
où elle avait cessé la veille, et lut ce passage de saint
Paul :

« Nous sommes pressés de toutes sortes d'afflictions,
mais nous n'en sommes pas accablés ; nous nous trou-
vons dans des difficultés insurmontables, mais nous n'y
succombons point. Nous sommes persécutés, mais non
pas abandonnés ; nous sommes abattus, mais non pas
entièrement perdus : portant toujours en notre corps la
mort de Jésus, afin que la vie de Jésus paraisse dans
notre corps. Car nous qui vivons, nous sommes à toute
heure livrés à la mort pour Jésus, afin que la vie de
Jésus paraisse aussi dans notre chair mortelle. C'est
pourquoi nous ne perdons point courage : mais encore
que dans nous l'homme extérieur se détruise, néanmoins l'homme intérieur se renouvelle de jour en jour ;
car le moment si court et si léger des afflictions que

nous souffrons en cette vie produit en nous le poids d'une souveraine et incomparable gloire. Ainsi nous ne considérons point les choses visibles, mais les invisibles, parce que les choses visibles sont temporelles, mais les invisibles sont éternelles. Aussi nous savons que, si cette maison de terre où nous habitons vient à se dissoudre, Dieu nous donnera dans le ciel une autre maison qui ne sera point faite de main d'hommes et qui durera éternellement. C'est ce qui nous fait soupirer dans le désir que nous avons d'être revêtus de la gloire, qui est cette maison céleste. Car, pendant que nous sommes dans ce corps comme dans une tente, nous soupirons sous sa pesanteur, parce que nous ne désirons pas d'en être dépouillés, mais d'en être revêtus par-dessus; en sorte que ce qu'il y a de mortel en nous soit absorbé par la vie. Or c'est Dieu qui nous a formés pour cet état d'immortalité et qui nous a donné pour gage son esprit. Nous sommes donc toujours pleins de confiance, et comme nous savons que, pendant que nous habitons dans ce corps, nous sommes éloignés du Seigneur et hors de notre patrie, parce que nous marchons vers lui par la foi, et que nous n'en jouissons pas encore par la claire vue, dans cette confiance que

nous avons, nous aimons mieux sortir de la maison de
ce corps pour aller habiter avec le Seigneur.

« C'est pourquoi toute notre ambition est d'être agréables à Dieu, soit que nous habitions dans le corps, ou
que nous en sortions pour aller à lui. Car nous devons
tous comparaître devant le tribunal de Jésus-Christ,
afin que chacun reçoive ce qui est dû aux œuvres bonnes ou mauvaises qu'il aura faites pendant qu'il était
revêtu de son corps (1). »

Éléonore se mit ensuite à réfléchir sur ce qu'elle venait de lire, et son âme s'éleva bientôt, par la médita
tion, jusqu'au trône de Dieu. Oh ! qu'elle dut être fervente cette oraison adressée au Seigneur la veille du jour
où l'infortunée comtesse allait tomber victime de la fureur de ses ennemis! Son âme comprit alors, mieux que
jamais, le néant de ce monde, et s'élança, sur les ailes
de l'amour, dans le sein de son Dieu. Calme et résignée,
elle se prépara à recevoir le coup de la mort, et cependant il lui parut que Dieu n'agréait pas encore son sa-

---

(1) Saint Paul , II. Épitre aux Corinthiens , Ch. 4 et 5.

crifice. Ne sachant s'il fallait espérer de conserver la vie,
ou se soumettre à l'arrêt qui avait été prononcé contre
elle, elle se mit à genoux pour prier le Seigneur de
l'éclairer. Pendant qu'elle cherchait ainsi à connaître la
volonté de celui qui règle les destinées humaines, elle
entendit plusieurs personnes se diriger à pas précipités
vers son cachot. Elle se leva. A l'instant la porte s'ouvrit.
Cécile se rangea contre le mur du corridor et laissa entrer un des juges, suivi du procureur et du greffier du
tribunal révolutionnaire. Ce dernier se plaça devant la
comtesse et lui dit d'un ton farouche d'écouter. Il lut à
haute voix le jugement qui la condamnait à mort. Ensuite le procureur ajouta que la sentence serait exécutée
le lendemain à trois heures.

— Je vous remercie, répondit la comtesse.

— Pouvons-nous faire quelque chose pour toi ?
demanda le juge.

— Rien du tout.

— Veux-tu parler à quelqu'un de ta famille ?

— Non.

— As-tu quelque chose à nous confier ? Nous voulons

bien oublier l'insolence que tu as montrée en accablant d'injures le tribunal qui t'a jugée.

Eléonore garda un morne silence et se fit violence pour ne point relever ces dernières paroles. Elle regarda le ciel, et poussa un soupir.

— Tu ne veux donc pas répondre aux magistrats, fière aristocrate? lui demanda le procureur en lui lançant un regard foudroyant.

— Tout est fini pour moi dans ce monde, dit enfin la comtesse ; je n'ai plus de désir ni de besoin.

— Dans ce cas, nous nous retirons.

— Et ils partirent tous trois. Cécile ferma la porte et les suivit.

Mathilde vint bientôt après et apporta la soupe du matin.

— Bonjour, maman, dit-elle d'un air content. Voilà votre soupe, mangez. J'ai de bonnes nouvelles à vous apprendre. Georges est déjà ici et vous attend. Papa ne se fera pas attendre non plus. Georges a voyagé toute la nuit, et tout est maintenant arrangé.

— Ecoute, ma fille, je n'ai pas encore pu me résoudre à faire ce que tu exiges de moi. J'étais à invoquer le Seigneur pour qu'il m'éclaire lorsque les hommes du pouvoir sont venus m'annoncer que je serai exécutée demain à trois heures.

— Bah! laissez-les dire, ma mère : demain à trois heures vous serez loin d'ici.

— Ecoute, mon enfant, retire-toi ; j'ai besoin d'être seule dans ce moment.

— Je vous obéis, ma mère. Je reviendrai à midi, avec le dîner, et alors tout se décidera.

Elle partit.

— Pauvre enfant! se dit la comtesse quand elle se vit seule, elle s'imagine que tout ira selon ses désirs! La jeunesse, sans expérience, ne doute de rien ; elle croit que tout ce qu'elle veut se peut facilement, sans prévoir les obstacles qu'il faut surmonter.

Eléonore se mit à manger un peu de soupe, mais elle la laissa bientôt pour se livrer à ses réflexions. Plus elle cherchait à sonder les plis de son âme, et plus elle devint inquiète, ne pouvant s'arrêter à rien. Cet état d'irrésolution fut un vrai tourment pour elle. Ses larmes coulèrent brûlantes sur ses joues, dont le chagrin avait terni les roses; son cœur battait avec force; on eût dit qu'elle se préparait à commettre le plus grand des crimes. Ses membres se roidirent; tantôt elle sentit un feu dévorant circuler par tout son corps, tantôt un froid glacial agita tout son être comme si elle touchait à son heure dernière. Cette cruelle agonie dura assez longtemps, et l'infortunée fut obligée de se coucher sur son lit : ses jambes se refusèrent à la porter. L'excès de la fatigue agit tellement sur ses sens qu'elle finit par s'assoupir. Dieu eut pitié d'elle, et ce sommeil réparateur lui rendit un peu de forces et la calma.

A son réveil, elle se sentit un peu soulagée; mais son esprit flottait toujours dans la même incertitude. Midi venait de sonner, et Mathilde entra avec le dîner.

— Voilà, ma mère, le dernier repas que vous prendrez dans ce cachot, lui dit-elle. Je m'applaudis de plus en plus de vous avoir suggéré l'idée de prendre la fuite ; car tout s'est si bien arrangé qu'il est impossible de ne pas y reconnaître le doigt de Dieu. Cécile va sortir à trois heures pour acheter du charbon, qu'on fera entrer

par la porte de la petite cour; de cette manière, non-
seulement je serai libre cette après-midi, mais j'aurai
encore la clef de cette cour, et, lorsque tout le monde
sera couché, j'irai vous rejoindre. On ne pourra s'a-
percevoir de votre fuite que demain matin. Une nuit
suffit pour vous mettre à l'abri de toute poursuite.
Georges reviendra m'attendre à la petite porte quand
il vous aura remise entre les mains de papa. Ainsi,
bon courage! encore quelques heures, et tout ira
bien.

— Eh bien! mon enfant, répondit la mère, tu t'es
occcupée de mon sort avec une constance et un dévouement que je ne saurais trop louer; mais je n'ai pas
encore pu me décider à te suivre. Je crains toujours
que ton plan n'échoue contre quelques obstacles que
nous ne pouvons prévoir.

— Je suppose, ma mère, qu'il se présente en effet un
obstacle, et que notre plan échoue, qu'avez-vous à
craindre? Ils ne peuvent pas vous faire mourir deux
fois, et moi, je ne les redoute pas, vos lâches ennemis.
Ainsi, dans le cas même où nous ne pourrions pas
échapper à leur rage, nous ne devrions pas reculer

sans tenter la chose. Maintenant, ma mère, que tout a
été si bien arrangé, dites-moi, pouvez-vous, en
conscience, vous opposer plus long-temps à profiter de
la seule voie de salut qui vous soit offerte? Quoi! vous
avez une fille, et cette fille, par amour pour vous, est
venue s'enfermer ici ; elle veut vous empêcher de périr,
et vous repoussez la main qui s'efforce de vous arracher
à la mort! Et comment, si le crime venait à se consom-
mer, pourrais-je me présenter devant mon père? N'en-
tendrais-je pas sortir de sa bouche ces paroles foudroyantes : « *Tu as eu une mère, et tu n'as pas su
lui conserver la vie?* » Pourrais-je supporter la présence de ce père qui me redemande à chaque instant
celle que j'aurais vue périr sans avoir empêché ce
crime? Si vous voulez aller à la mort, brisez d'a-
bord les liens qui m'attachent moi-même à la vie, ne
marchez à l'échafaud que sur le corps de votre fille, et
dites que la même tombe engloutisse deux victimes au
lieu d'une.

— O Mathilde! s'écria la comtesse en poussant des
cris lamentables, tu livres à mon cœur un assaut trop
rude, je ne puis résister plus long-temps. Eh bien, je
fuirai.

— Dieu soit loué ! s'écria Mathilde en se précipitant dans les bras de sa mère. Et, puisque vous m'avez donné votre parole, je vous quitte pour le moment, pour revenir plus tard vous apporter les habits que vous mettrez.

Et elle s'éloigna contente.

Eléonore mangea un peu, et se promena ensuite dans son cachot, en attendant le moment de quitter ces tristes lieux. Une heure après, Mathilde revint portant sous son bras un paquet que Georges lui avait remis, et qu'elle avait eu l'adresse d'introduire dans la prison sans qu'on s'en aperçût. Eléonore le prit, et reconnut bientôt une robe et différents objets qu'elle avait elle-même donnés autrefois à la vieille Magdeleine. Elle déposa les vêtements qu'elle portait alors, et mit les haillons qui devait la protéger dans sa fuite. Des bras troués, des souliers qui ne tenaient presque pas à ses pieds, une robe sale et déchirée en plusieurs endroits, un fichu tout usé et un bonnet noirci par la fumée, telle fut le déguisement d'Eléonore : pour se rendre encore plus méconnaissable, elle mit autour de sa tête un vieux mouchoir de couleur, comme en portaient les femmes du commun, et qui lui couvrait une partie de la figure.

Lorsqu'elle fut ainsi travestie, elle frappa doucement à la porte, comme cela avait été convenu. Mathilde se présenta et examina sa mère, qu'elle trouva parfaitement bien déguisée. Avant de quitter ce cachot, la comtesse jeta un regard d'attendrissement sur ce réduit, comme pour faire ses adieux à ces murs, témoins de ses souffrances.

— Vous allez maintenant m'aider à laver ce corridor, lui dit Mathilde ; vous parlerez bas et toujours très-bas. Surtout ne montrez point d'irrésolution.

Eléonore se mit à sa besogne, et Mathilde se plaça à côté d'elle. De temps en temps cette dernière regardait autour d'elle ; mais les prisonniers qui n'étaient point enfermés passaient et repassaient sans faire attention à la laveuse étrangère. Déjà une partie du corridor avait été nettoyée lorsque Mathilde dit à sa mère :

— Vous allez achever ce qui reste encore à faire ;
pour moi, je vais descendre dans la loge du concierge
pour voir ce qui s'y passe. Si vous terminez avant que
je revienne, vous vous mettrez à épousseter les murs
du corridor.

Mathilde descendit à la chambre du portier. Celui-ci
était seul et lisait le journal. — As-tu fini là-haut ? lui
demanda-t-il en détournant un instant ses regards de
dessus le journal.

— J'en ai encore pour une demi-heure ; la femme qui
m'aide continue à laver. Je lui ai dit d'épousseter aussi
un peu les murs. Je vais la rejoindre tout à l'heure, et
ne suis venue que pour voir si vous n'aviez pas besoin de
moi, et si tout était en ordre.

— Tu es, ma foi, une bonne fille, toi. Cécile vient
seulement de partir pour aller au charbon ; elle n'a pas
pu achever sa toilette. Écoute donc, Mathilde, tu as
déjà tant gagné sur elle, tâche aussi de lui faire passer ce
maudit penchant à la coquetterie. Depuis qu'elle ne va
plus à la danse, elle dépense tout son argent à acheter
des nippes.

. — Je crains que ce ne soit trop tard. Je m'en vais re-
trouver la femme. Quand vous entendrez ouvrir la porte,
vous saurez que c'est nous deux qui sortons pour
aller à la fontaine laver nos baquets et jeter l'eau
sale.

— C'est bien! Donne un morceau de pain à cette femme, et dis-lui qu'on la paiera plus tard.

— Je vous remercie pour elle.

Mathilde rejoignit sa mère.

— Tout va bien là-bas, lui dit-elle. Achevez,
je vais monter au grenier pour voir si Georges est
là.

Elle revint quelques instants après, et dit à voix
basse :

— On vous attend.

Cependant le nettoyage est achevé. Mathilde ramasse
les balais, les éponges, et les place dans un coin du corridor. — Nous allons maintenant sortir pour jeter cette
eau et laver nos baquets à la fontaine.

Eléonore tremble ; Mathilde l'encourage.

— Dieu est avec nous, dit-elle à voix basse, partons,
le jour est à son déclin.

La comtesse prend le baquet sur sa tête, Mathilde
s'arme des balais et des clefs, et toutes deux sui-
vent le long du corridor pour se diriger vers l'escalier. A peine ont-elles fait quelques pas que des cris se
font entendre du côté de l'entrée de la prison. Eléonore,
qui craint d'être trahie, recule d'épouvante et ne peut
plus avancer. Mathilde dépose son baquet, frappée de
consternation. Le tumulte augmente. La comtesse dépose
son baquet et conjure sa fille de la ramener dans son cachot. Mathilde lui obéit et la renferme.

— Tout est perdu, dit la comtesse en jetant le mouchoir qui lui couvrait la tête, il faut mourir sur l'échafaud.

Mais Mathilde n'a rien entendu de cela. Avec la rapidité de l'éclair, elle traverse le corridor, descend l'escalier ; elle ne voit plus ni baquet, ni balais, ni éponges.
De loin elle entend crier : « A bas les tyrans ! vivent les
honnêtes gens ! vive la nation ! Elle vole vers le groupe

qui s'est formé dans le corridor, devant la loge du concierge ; elle reconnaît le juge et le procureur qui le matin étaient venus annoncer la sentence de mort à sa pauvre mère ; elle reconnaît Georges, qui se précipita au devant d'elle.

— Oh ! quelle heureuse nouvelle ! quel bonheur ! lui dit ce brave homme en lui présentant la main ; les ennemis de la France ne sont plus : Robespierre a été guillotiné, les prisons sont ouvertes, on met tout le monde en liberté.

Mathilde ne peut croire à tant de bonheur ; elle doute, elle hésite, elle recule; mais l'ivresse générale dissipe bientôt ses craintes.

— Est-il vrai, dit-elle au procureur, que tous les prisonniers sont libres ?

— Oui, oui, répondit ce dernier : voici l'ordre de Paris qui nous enjoint de les élargir tous.

— O mon Dieu ! s'écrie Mathilde, et elle se dérobe à l'empressement de Georges pour voler au cachot de sa mère. Georges la suit. Un oiseau ne franchit pas avec plus de vitesse l'espace de l'air que la jeune fille ne met de temps pour se rendre auprès d'Eléonore. La porte s'ouvre avec impétuosité.

— O ma mère! vous êtes libre ; venez, venez, les portes de la prison sont ouvertes.

Eléonore jette un regard immobile sur sa fille ; elle la repousse, elle croit qu'on se joue d'elle : ses pensées sont ailleurs.

— Venez , venez , reprit Mathilde en l'entraînant.

Dans ce moment, Georges entre.

— O madame, dit-il en se précipitant à ses pieds, vos ennemis ne sont plus ; livrez-vous à la joie.

La comtesse paraît se réveiller comme d'un profond sommeil et abaisse ses yeux humides de pleurs tantôt sur Mathilde, tantôt sur Georges.

« O mon Dieu ! serait-il vrai ? dit-elle. »

— Oui , oui , c'est vrai, s'écrièrent Mathilde et Georges a la fois ; suivez-nous.

La comtesse se voit obligée de suivre ceux qui devaient être ses libérateurs. Sur son passage, elle rencontre le vieux prêtre qu'on venait aussi de mettre en liberté ; elle peut à peine lui adresser quelques paroles, tant est grande l'impatience que montre sa fille pour l'arracher de ces lieux.

Arrivée à la loge du concierge, Mathilde y entre la première.

— Voilà ma mère, dit · elle au geôlier ; elle est libre ; je vais l'accompagner et viens vous remercier de m'avoir reçue auprès de vous pour lui être utile.

Au même instant entrèrent Cécile et sa mère. Qu'on juge de l'étonnement de ces gens en apprenant que cette jeune personne était la fille du comte de Lucelle. Ils étaient là comme pétrifiés, et ne purent revenir de leur surprise.

— Madame, dit enfin le geôlier, vivement ému, je vous félicite d'avoir une enfant pareille : Mathilde est un trésor ; elle a apporté la bénédiction dans notre ménage ; elle est...

Il ne put continuer et essuya une larme, la première qu'il eût répandue depuis quarante ans.

— Oui, oui, madame, votre demoiselle est un ange, et j'ai toujours été persuadée qu'elle appartenait à une bonne famille, dit à son tour la geôlière. Son dévouement pour vous est sublime.

— Oui, sublime, ajouta le concierge d'une voix larmoyante.

— Les moments ne me permettent pas, dit à son tour la comtesse, de m'entretenir long-temps avec vous ; mais nous nous reverrons. En attendant, recevez aussi ma reconnaissance des bontés que vous m'avez témoignées ainsi qu'à ma fille. Plus tard je vous récompenserai.

— Vous ne nous devez rien, répondit le geôlier ; c'est au contraire nous qui vous sommes redevables : Mathilde nous a fait beaucoup de bien, et je crois qu'il y a de l'argent pour vous. Ma femme, va compter et remets les gages à Mathilde.

— Tout est bien, dit cette dernière ; tout ce qui ici et au cachot pourrait nous appartenir est pour Cécile.

— Oui, oui, ma fille, répondit la comtesse.

Cécile, qui pleurait, se jeta dans les bras de Mathilde ; sa mère la couvrit de baisers, et, après les plus touchants adieux, Eléonore, Mathilde et Georges sortirent de la prison, laissant ces gens stupéfaits de ce qu'il venaient de voir et d'entendre.

Je ne m'arrêterai pas à dépeindre l'ivresse du comte lorsqu'il revit son épouse chérie et sa fille bien-aimée. Il suffit que mes jeunes lecteurs sachent que, profitant de ce moment de calme où se trouva la France, il vendit une partie de ses biens, confia l'administration des autres à son intendant, qu'après avoir visité le geôlier et sa famille, et lui avoir remis 1,000 francs pour servir de dot à Cécile, il se retira avec les siens en Suisse, où il attendit la fin de la tourmente révolutionnaire.

FIN.

LIMOGES. — IMPRIMERIE DE BARBOU FRÈRES.

www.ingramcontent.com/pod-product-compliance
Lightning Source LLC
Chambersburg PA
CBHW071908020726
47502CB00003B/936